我的寻梦旅程

［日］上野健一　著

王浩智　译

文汇出版社

图书在版编目(CIP)数据

我的寻梦旅程 /(日)上野健一著； 王浩智译. —
上海：文汇出版社，2011.4
ISBN 978 - 7 - 80741 - 818 - 4

Ⅰ.①我… Ⅱ.①上…②王…Ⅲ.①回忆录-日本
-现代 Ⅳ.①I313.55

中国版本图书馆 CIP 数据核字(2011)第 043126 号

我的寻梦旅程

责任编辑 / 戴　铮

封面装帧 / 张　晋

出版发行 / 文汇出版社
　　　　　上海市威海路 755 号
　　　　　(邮政编码 200041)

经　　销 / 全国新华书店
照　　排 / 南京展望文化发展有限公司
印刷装订 / 江苏常熟市大宏印刷有限公司
版　　次 / 2011 年 4 月第 1 版
印　　次 / 2011 年 4 月第 1 次印刷
开　　本 / 890×1240　1/32
字　　数 / 117 千
印　　张 / 6.75
印　　数 / 1 - 20 000

ISBN 978 - 7 - 80741 - 818 - 4
定　　价 / 25.00 元(附光盘一张)

目 录

作者寄语

这次拙著有机会译成中文,与中国读者见面,本人倍感欣悦。我二十一岁白手起家,自从包下 1 000 区划的大型分块宅地负责销售工作以来,一直投身于不动产开发事业。经过多年的摸索和对社会走向的分析,我于二十四岁推出 CCZ 开发计划,全面打开不动产再生事业,在日本全国 70 处地方开发了高龄者生活乐园(约 67 000 区划),为退休老人提供老有所居、老有所乐的理想环境,帮助他们度过快乐充实的第二人生。

几十年来,日本社会朝高龄化发展的步伐由慢转快,一发而不可收。如今人口高龄化比率已列世界首位,平均每四个人中就有一个六十五岁以上的高龄者。据预测,今后高龄化进程将进一步提速。按现在这个速度,不用多久,平均每三个人中就会有一个高龄者。历史将进入人类社会从未经历过的超高龄时代。

不仅是日本,中国以及欧美各国也无法回避人口高龄化问题。日本的今天就是其他国家的明天。从这个意义上讲,我相信本书所记述的内容对中国读者会有一定的参考价值。

　　我坚信，今后人类社会的取向应该是摆脱对经济富足的过度奢望，营造一个高龄者健康充实的社会环境，让每一位老人能够拥有理想的住宅，过上幸福的晚年生活。

　　一个人的身心健康、人际关系、生活目标以及生活习惯在很大程度上与住宅环境有着密不可分的关系。试想，一个人生活在空气污染、人口密集、噪音严重的城市，另一个人呼吸新鲜空气，沉浸于青山绿水，在大自然中放松心情，这两个人晚年生活的幸福度与满足度，孰高孰低不言而喻。

　　日本有很多治安良好、空气新鲜、自然环境保存完好的生活区，更有稻香四溢、水绿鱼肥的乡间，有集养生、休闲、度假于一体的温泉胜地，真心希望能为更多的中国客人提供亲身体验的机会。为此我们全管连集团在大型分售宅地内专门设立了一片外国人住宅小区，配备懂中文的管理人员，提供优质到位的服务。

　　同时，我也希望能将自己二十多年来积累的技术经验贡献出来，在中国开发同样的高龄者生活乐园。为此我愿意与中方企业及投资家携手合作，共描梦想蓝图。

　　在日本、在中国开发高龄者生活乐园，让全世界的高龄老人都愿意来到这里安度晚年。到时候我愿意成为第一个住户，同时分享中国和冲绳两地的生活，尽享天年。

　　合掌致礼

戈兰所卢全管连集团代表

上野健一

序　言

电视、杂志上时常介绍一些勇于挑战自己、实现梦想的人物及他们的动人事迹,我打从心里敬佩这些敢于拼搏的人们,因此这方面的报道从来不会从我眼皮底下溜走。

最近看到的报道中最令我难忘的是女宇航员山崎直子的事迹。为了实现宇宙之梦,她承受了千里挑一的选拔,经历了凡人难以想象的艰苦训练。她那种为了理想不惜付出的勇气与毅力,深深打动了我。

天底下不乏胸怀大志者,勇于挑战的人更是数不胜数,然而真正实现梦想的却微乎其微。对于这些成功者,有些人认为是他们努力的结果,有些人说成功是天生的才能给他们带来的,还有些人羡慕他们运气非凡。每次听到这样的议论,我总是暗中生疑:难道就凭努力、凭才能、凭运气,便能心想事成吗?

通过媒体介绍我们可以知道,山崎直子的丈夫山崎大地为了支持妻子圆太空梦，不惜牺牲自己的事业，辞职在家当"家庭煮夫"。从这里我们不难看出山崎直子能够梦想成真，在很大程度上离不开家人的理解与配合。

人各有志，每个人都有自己的追求。理想越是远大，越是难以实现，越需要周围人的理解与配合，光靠一个人的力量和努力往往无济于事。我们不是生活在真空之中，而是生活在一个人与人之间互相依存、互相支撑的社会里，离开周围人的配合，我们将一事无成。

山崎直子升空背后有成百成千的人们默默地支撑着她，同时这些无名英雄的宇宙梦也通过山崎直子得以实现。

阅读那些冒险家、企业家或是发明家的传记都会有一个共同的发现：但凡伟人，他们的每个成功背后，一定有家人、朋友以及许许多多默默无名的人在支撑、奉献。甚至可以说周围人们的帮助占九成，本人的力量占一成的情况亦不乏其例。从这些成功人士的传记中，至少我们可以得出这么一个结论：世界上没有一个人可以单靠自己的力量实现梦想。

回顾自己走过的路，我也是由于一次偶然的邂逅，找到自己一生追求的梦想。一开始这个梦想还很渺茫，经过长途跋涉，在我的心中慢慢变成一幅未来的完美画卷，催我奋进，伴我前行。不久之后，我惊讶地发现自己的双脚已经一步一个脚印地踏在追逐梦想的道路上，而且这个梦非同一般。

　　打造高龄老人安居乐养的理想家园，这就是我不断追逐的梦想。一开始我只是模糊地感觉自己找到了一份有奔头的工作，充其量就是给了自己一个大目标。后来我才意识到，这一梦想不止是我个人的追求，它承载了时代的迫切需要、社会的殷切期待，它值得我为之付出毕生精力。

　　这个项目就是小野平分售宅地的复苏工程。由于开发商半途倒闭，致使这片宅地的基础建设工作被搁置近二十年之久。自来水不通，业主们被迫自己挖井取水。我接手这项重启工程后，成功地将市营自来水拉进各个小区。通水仪式那天，活动接近尾声的时候，突然听到台上有人呼喊我的名字，说是让我上台领奖。我一时回不过神来，只是木讷地站到台上，心里直犯嘀咕，会不会是搞错了？一会儿真相大白，是业主们为我颁奖，感谢我为这片长期荒废的宅区所做的工作。

　　这个项目是我本人凭自己的意愿接下的，我知道这是一项同行望而止步的艰巨工作，正因为如此，我愿意知难而上。然而，项目启动后我发现不仅是本人，所有员工以及宅区业主都热情高涨地投入了进来，朝着同一个目标迈进。工作人员之间在互相配合、同甘共苦的过程中往往会产生某种一体感，这很正常。不过这次情况不同，这一体感当中包含着看似无关的宅地业主。照理说，他们是我们的客人，我们之间本来只是一种买方与卖方的关系。

这里的河畔有全管连集团的分售地。

通水仪式上，看到我手捧奖状，员工们和我一样热泪盈眶。开始我把他们的泪水理解为成就了一项困难的工作后发出的感慨。可是当我看到台下业主们也同样感激不已的时候，我清楚地意识到台下所有人的泪花是梦想的力量催化出来的。工程启动时，也许一个人就是一份力量，然而渐渐地这些力量在同一个目标的指引下汇集到一起，拧成一股绳。正是这种凝聚力，使这项不可能的工程变为可能。

这件事让我刻骨铭心，我深深领悟到：一个人的梦想永远只是梦想，而众人共同追求的梦想必定成真。

现在我正在日本全国 79 处大型分售宅地展开高龄者生活区的开发工作。为退休老人提供享受第二人生的理想家园，这是我愿意奉献毕生精力的事业，它寄托着我对梦想的挑战。

如果这一梦想只停留在我一个人的自我陶醉，那终究必以失败告终。小野平宅地的复苏工程给我的启示深深地在我的内心留下了烙印。

一个人的力量是有限的，在远大的梦想面前，一个人的力量就像巨象脚下的一只小小的蚂蚁。然而蚂蚁虽小，成千成万齐心协力，不怕推不倒巨象。同样，一个人的能力虽然微薄，但汇集到一起就是一股所向披靡的巨大力量。

要问我怎么知道自己的追求也是众人的梦想吗？我的回答

是,因为我的梦想本身就是来自时代的呼唤,与社会的需要紧密联系在一起。一个优秀的推销员要学会把握客户的需要,投其所好。同样,搞开发事业必须把住市场需求的脉搏,为之提供最贴切的计划。从这个意义上讲,我敢肯定自己的梦想承载着众人的寄托,正是来自我对时代、对社会需求的分析结果。

前面提到过,建造高龄者理想家园是我长年投身的事业。然而,如果宅地或楼盘出手便大事告吉的话,就没有什么梦想可言了。我认为,重要的是如何为生活在这里的人们提供一个安居乐养、左邻右舍和睦相处的环境。因此,单靠我们开发方的努力还是远远不够的,在很大程度上需要各位业主,也就是我们的客户认识到一同配合的重要性,和我们并肩作战,朝着共同的目标去努力。

要求客人掏钱买宅地,要求客人出钱盖房子,这还不够,还要他们配合这配合那的,这种买卖确实少见。要求确实有点儿过分,不过我坚信只有取得业主的配合,双方才能抱有共同的目标,变梦想为现实。

我一直认为世界上最有益于健康的住宅是圆木生态别墅,因此对于购买本公司宅地的业主,我一向强力推荐。经过一段时间的努力,我们集团所推出的 79 处住宅区,一共盖起了 4 000 栋以上的圆木生态别墅。其中有些小区圆木生态别墅此起彼伏,形成一幅美丽的景观,住户们个个心满意足。这也算是我厚着脸皮磨出来的结果。

建在山坡上的别墅。不少客户愿意选择这样的地方盖别墅。

　　说到脸皮厚，我想补充一点。脸皮厚看用在什么场合，只要是出于自己的信念，为实现理想而采取的手段，我觉得脸皮厚并不可耻。

　　人的一生由谁主宰？人生道路又是谁在操控？凡人俗子自然不得而知。不过当你回首眺望走过的路，一定会发现今天的自己由来于过去的种种邂逅与选择。你心里一定会想：要是没有当初，今天就不会是这样了。也许你还会展开想象的翅膀，试问自己："当初要是做出另一种选择，今天又会怎么样呢？"

　　我现在全力以赴投身于高龄者生活区的建设事业。回顾过去，我找到这一值得自己奉献一生的事业，完全是由自己走过的路、经历过的事、遇见过的人，再加上种种巧合而定向的。这一路上，还有其他许多选择，为什么自己偏偏选上现在的事业，并为之着迷呢？我相信这一定是上天的安排。

　　我生在冲绳，长在神户，现在工作基地设在东京（港区芝公园附近），整日奔波于全国各地。回想起来，我之所以有今天，多亏了许许多多关心我、培养我的长辈和朋友。初涉商界时，我曾以为自己靠的是一个人的智慧和努力在寻梦追梦，后来我发现自己错了，我慢慢懂得了一个道理：一个人的梦想永远只是梦想，而众人共同追求的梦想必定成真。梦想需要众人的支持，需要众人的拥戴，否则梦想就会变成空想，变成幻想。这个道理是在和客户们的接触过程中领悟出来的，因此更准确地说是客户们教给我的。

　　今后在我的面前还有很长的路要走，我的未来之路在何方？路上会有什么样的困难在等待着我？未来不可预测，不过我坚信不管前面等待我的是什么，我都会勇敢地面对，义无反顾地走在通往梦想的大道上。

第一章

赚钱盈利固重要，利民益生才是本

第一节　首份职业是推销员

■ 鸟枪换炮,西装革履

在我的人生中,有几次柳暗花明又一村的重大转机。如果说二十一岁白手起家办起公司是第一个转机的话,那决定性的转机则出现在我二十四岁那年。

有自己的公司之前,我在一家不动产公司上班。后来公司倒闭,老板手下还有一家子公司虽然幸免于关门,但老板已无心继续经营,我便把它接了过来,另召集几位原来的同事,在一个不到十平方米的小屋开始了新公司的业务。当时连我自己都没想到七年后,这个小得不成样的公司竟然发展成营业额达 100 亿日元的集团企业。

整整七年时间,我没早没晚地工作,现在回想起来感觉就像是一刹那。这七年的经验为我积累了终身受用不尽的宝贵财产,让我找到了自己一生的目标,看清了自己应该走的路。

办公司以前,我的生活就是一个永远不变的模式。早上起床上班,晚上花天酒地,整个就是一副玩世不恭的生活作风。生在冲绳、长在神户老街的我从小就爱出风头,刚上小学就成了校内有名的淘气大王。进初中后更是变本加厉，成天和学校里那些坏学生厮混，不知不觉间竟成了这群人的头领。升高中后当起了学校啦啦队的副队长。总之，我从小到大对学习兴味索然，成绩一塌糊涂，好斗好出风头，好成群起哄。在老师眼里，我一直属于叛逆不羁的人。

幼时家境贫寒，上小学时我就开始利用课余时间打零工。每天早晨，天还没亮就起床出去送报。周围都是大人，只有我一个小孩夹在中间干活补贴家用。挣的钱虽然不多，但能帮家里出一份力量，这使我感到十分充实，十分自豪。记得每当我把领来的工资交到母亲手里时，她总是摸着我小小的脑袋祥和满面地说："难为你了，你真懂事。"今天，我已经超过了父母当年的年龄，两个孩子也已经长大成人，每次回想当年，那一幕幕细节总在我的脑海中一遍遍地回放，正所谓养儿方知父母恩。

从初中到高中，我都一直坚持打零工，需要的花费都靠自己的劳动挣得。对我来说，打工并不是一件痛苦的事，我懂得去想办法做到事半功倍，并从中找出乐趣。

随着年龄的增长，挣来的钱不再拿出来补贴家用了。每个月都是挣多少花多少，花在玩乐，花在给自己买衣服、买摩托车，花在请朋友吃饭上。现在回想起来，自己也搞不明白当时怎么就那么贪玩。想必当年在周围人眼中，我肯定是一个不务正业的小混混。就我本人而言，我私下一直想争得父母、老师的喜欢，不挨批评。

淘气这一点无可否认,但我不承认自己是小混混。

　　高二那年,期末考试结果下来,一看就是三个字:不及格。学校以此为由勒令我退学,听到通知我如五雷轰顶。我承认自己没好好用功,可我很喜欢上学,从来没想过会中途离开校门。于是,我心急火燎地赶到学校找班主任,恳求他帮我求情,想办法让我留级,并向学校保证要悔过自新、努力用功。可是一切都晚了。平时的表现无法让学校相信我,再说我这个啦啦队副队长也没少给学校惹事,校方一直对我很反感。

　　被赶出校门后,我开始在社会上找工作。动机极其单纯,就是为了挣钱。我专门瞄准那些干活轻松、工资又高的招聘单位,一连报了好几家,不是没有回音就是不录取。一天,我在报上偶然看到一则招人广告,上面写的条件是:"招聘销售人员一名,国籍不论,年龄不问,性别不限,学历不究,工作经验不需。"

　　这叫什么条件!简直就是来者不拒啊。就冲这一点,谁都看得出这是一份没人愿意应聘的苦差事。可当时的我已经被一连串的拒绝搞得狼狈不堪,眼下的这份工作对于我来说,简直就像捞到了最后的一根救命稻草。我毫不犹豫地报名应试,结果没被拒绝。这是一家专门推销医疗器械的公司,面试那天考官对我讲的那句话,至今言犹在耳:"看你人长得不赖,我们招你进来,以后上班注意穿整齐点儿。"

　　进公司后接受了两天培训,第三天开始上岗。我的工作是到外面去拉业务。初出茅庐的我对于商务礼节、行业内的潜规则什么的都一窍不通，因此没少挨过上司的责骂。当时的上司简直就是一个甩手掌柜，什么工作都往我身上推，在他眼中根本就不存在份内份外的概念。而我又是新手，只能忍气吞声逆来顺受。不过现在想想，虽然苦一点累一点，但让我从中学到了不少有用的东西。特别是有关流通方面的经验，都是那段时间积累下来的。关于怎么做好进货工作，我在工作中注意到：一种商品，愿意买的人多，而进货量少就会白白失去商机。相反，进货量过多则必然造成压仓。推销商品不能凭蛮干，必须弄清销路好的原因以及扩大销路的办法，并做出合理预测。然而最重要的是把客人的利益放在首位，让客人买了你的东西觉得物有所值。要做到这一点，就不能只图自身利益，让对方花冤枉钱，否则客人就会离你而去。

没过多久，我的营业成绩便初露锋芒，不出三个月竟排名公司第一。从小就不喜欢用功的我怎么变得那么学而不厌，喜欢思考，喜欢观察？连我自己都觉得有点儿意外。也许是推销员的工作合我的性子，当时一个月才有一天休假，可我不仅不觉得累，反而越干越欢。

经受勒令退学的打击后，我第一次品尝到受表扬的滋味，我发现自己并非一无可取。过去在学校从来没有人夸过自己，在老师、同学眼中自己是个调皮捣蛋、不求上进的坏学生。走上社会后，年方十七、一脸稚嫩的自己竟能够在众多的同事中脱颖而出，我感觉到有一种自信心开始在内心萌生。

■ 山外有山，天外有天

工作一年后，由于成绩拔尖，公司提拔我当主任，工作压力也随之增大。我承认自己喜欢工作，但正处于好奇贪玩的年龄，再加上手头有了些钱，以前那个混世魔王的我又开始占了上风，和自己的哥儿们成群结帮歌舞升平的日子不断地向我招手。第二年，十八岁的我辞去了这份工作。对于这家公司我至今内心仍深怀感激之情，我在这里掌握了不少推销商品的诀窍，学到了有关公司经营的基础知识。

以前，上班的时候一心只知道工作，没有时间花钱，挣多少存多少，所以手头有了一定的积蓄。现在无职一身轻，我贪玩图乐的老毛病一发不可收拾。考取驾照后，我还买下了一辆高级轿车，成天和那些狐朋狗友在神户街道上招摇过市。这一切父母亲都看在眼里，时不时为我叹息。在他们看来，本以为这孩子走上社会后学乖了，可以不再替他操心了，没想到江山易改本性难移。

就在父母的焦虑中，我重新找到了一份上门推销的工作，进公司两个月，我的成绩就进入前列。自己并不觉得付出多大的努力，但很快成绩在神户营业所名列第一。工资也涨了，有了足够的钱可以供自己玩乐。照理说应该知足才是，可不知为什么，内心始终感到一种无可名状的空虚。

十八岁那年的秋天,我辞去这份工作,进入当地一家不动产公司上班。这里负责营业的员工有四十名,在这里我遇到了改变我的同事,他的出现将我过去自以为是的那套推销方法彻底地打垮。

年轻气盛的我凭着在过去两家公司干出的成绩,自以为大有老本可吃,甚至有点儿目中无人的狂劲。可是三个月过去了,我的成绩始终落在一个人后面,这人比我大二十岁。不愿认输的我便开始观察,我发现这人谈吐一般,看不出有什么大手笔,我百思不解其疑:怎么他就是推销能手? 凭什么我就追不上他?

越想越不服气,我决定把个中理由摸个透。为了从根本上对房产交易做一番彻底的研究,我收集了这方面的资料埋头钻研,常常一个人通宵达旦对着镜子研究怎么向客人说明,找出过去做法的问题所在。通过这些努力,我彻底服气了,我弄明白了这位年长的同事、这位竞争对手为什么能够走在自己的前面。

这位同事的做法就是力守基本,说话有诚意,说明的内容层次分明、主题明确,听起来简明易懂,让人愿意接受。这一点看似简单,可真正做好并不容易。而我过去的做法又是怎么样的呢? 我始终在绞尽脑汁想把商品卖出去,从来没有考虑过买方的感受。他们拿到商品后感觉是后悔还是满意,这些对我来说一向就不是问题。

从这位同事身上,我找到了作为一名推销员的原点和准则。我开始懂得了一名优秀的推销员不是商品卖得最多的人,而是设身处地为客人着想、深得客人信赖的人。重要的不在于一时的数量,而在于长期的信誉。这一认识给我的职业生涯带来了重大的启示。

打那以后我改变了自己的做法,把主要精力用在研究什么是客人的需要、如何让客人满意上。慢慢地我听到了越来越多的感激声,回头客日渐增加。不出五个月,我的成绩跃居首位。这时,我品尝到的成就感胜过以往任何一次奖励。我从中品味到了前所未有的自豪与温暖。

■ 找到天职,如鱼得水

十九岁那年上班的公司是我职业生涯中的第一家不动产公司,他们给我开的工资是每个月150万日元。公司业绩很好,可就在我工作一年后,由于一个小小的意外,竟然一夜之间关门倒闭。

之前我曾干过几种商品推销工作,进了这一行,我感觉不动产交易比较特殊。土地这东西的价值非常人为,你在上面种植作物,可以给你带来收获;你在上面开商店,可以给你带来生意;你在上面盖住房,这里便成为家人团聚的小天地;你要是放着不管,那就是荒野一片。真是越想越令人觉得不可思议。

当时正值日本泡沫经济开始崩溃,土地只要转手便有利可图的时代一去不复返。可是大多数人还在做着土地升值梦,就连不动产公司本身也未能从过去的幻影中走出来。当时我察觉到把土地作为投机对象是一种错误的做法。为什么呢？我觉得土地的真正价值应该在于如何利用，而不在土地本身。因此推销不动产不仅是出售土地，更重要的是如何从这片土地中挖掘出最高的使用价值。

搞明白这个道理后，我再次为不动产工作的魅力所吸引，越发觉得这是一个很值得去发展的行业。从此以后，生性单纯的我便把自己的事业方向定位在不动产行业。后来几次跳槽，始终没跳出这一行业。当时中小型不动产公司沉浮不定，推销员当中混进了许多只顾混日子、不愿好好干的人。也许是有这些人的陪衬，我在行业中很快就小有名气，不少公司还想挖我过去。我本人也觉得老在一个地方干不利于提高，趁年轻到陌生的地方多磨炼没有坏处。于是我选择了一家没有熟人、与原公司没有任何业务关系的不动产公司。刚一上任，我的成绩就超出所有的同事，老板不知道我以前的经历，一开始觉得十分意外。

■ 绝路逢生，白手起家

任何行业都有一个共同的规律，那就是好景不长。不动产本来就是一个竞争激烈的行业，景气好的时期况且龙争虎斗，景气落入低谷更是你死我活。一时间市场供过于求，同行之间为了争抢饭碗不惜压低收费，造成质量无保，最终失去客人的信赖。

据说，在美国从事不动产工作的人在当地享有一定的威望。

从这一点来讲，日本的不动产行业尚存在许多未成熟的部分。说得严重一点儿，可以说是存在着结构性的缺陷。1981 年日本各地公寓价格大跌，把不动产行业推入低谷，关门风四处刮起。我供职的公司也被卷入了这场适者生存的淘汰战。看到公司业绩一路下跌，高层管理者一个个只顾为自己找后路，根本没有心思去挽救这艘即将下沉的破船。不久，逃的逃走的走，最后只剩我一个人。眼看公司只有关门了。一天，我找准机会斗胆向老板提出了一个要求，要他把手下那家环境整备公司的经营权让给我，我向他保证一定让这家休眠公司重新振作起来。

二十四岁的我接下了经营权后，在一个不到十平方米的小屋办起了事务所。公司倒闭后，原先的同事有不少人工作还没有着落，老板也为此事犯愁，于是找上我，要我拉他们一把。公司刚起步，不可能承接太多的人员开支，即使接下几个，责任也够我受的。因此我挑选了几位平时工作态度较好的员工。记得当时我是这么对他们说的："万事开头难，公司刚刚起步，每个月工资只能给十万日元。不过，我有梦想，我决心在不动产行业掀起一股新风，现在的不动产行业太不成熟，太不得人心。行业人士不懂得充分利用土地资源，我相信自己能够打破过去的格局，构建一个全新的商业模式，让世人知道土地可以为生活在上面的人们带来美好的未来。希望各位相信这个梦想能够成真。"听完我的话，在场的员工们都表示赞同。

从那天起,我早上八点上班,一直干到深夜十二点。为了给员工发放工资、节约汽油费,我甚至把那辆心爱的进口车卖掉,改开轻型国产车。经过几个月的奋斗,业绩开始有了起色,公司逐渐步入正轨。过去自己搞推销都是为了个人成绩,现在我的任务是调动员工的积极性,齐心协力去赢得更好的业绩。我开始体会到作为一名经营者,不仅要懂得审时度势、与时俱进,同时还需要学而不厌、不断实践。

第二节　找到有价值的事业

■ 荒废宅地如泣如诉

公司接下一些大型不动产公司和开发商卖剩的物业进行销售,从中获取了一些利润,业绩开始走上坡路。有一天,我开车行走在兵库县小野市郊外,偶然看到一片没有卖出去的住宅区。走近一看,周围的情景令我哑口无言。脚下的路面坑洼斑驳,四处杂草丛生,宅地与宅地之间的分界线都深深地埋没在杂草中。空气中传来一种凄凉的哀诉声,像是濒临死亡的呻吟。

这是一片由700块宅地构成的大型住宅区,由于开发公司倒闭长期闲置。我想起三年前自己供职的那家公司的母公司曾计划拿下这片住宅区重新开发，可还没来得及动手，这家公司倒闭，计划再度泡汤。

我相信不仅是我，所有从事不动产工作的人看到这一情景都会不寒而栗。眼下的荒凉景象告诉所有的人，事业只许成功不许失败，一旦失败就是这副惨状。

也不知为什么，那天我按捺不住内心的悲痛，久久伫立无法离去。然而渐渐地悲伤的情感被一种希望所代替。我的脑海中朦胧冒出这样一个念头：怎么就不能让这片土地死灰复燃呢？想到这里，我顿觉热血沸腾，我凭直觉感到这正是自己追求多年而不得的、有价值的事业。

休眠中的住宅销售区放置多年，问题堆积如山。购买者既不能住也无法转手他人。行政部门和保险公司也拱手不管，但我始终相信哪里有困难，哪里就有机会。无人敢碰的物业在某种意义上可以说是再好不过的机会，因为不会有人跟你竞争。另外，无人敢于挑战的工作对自己的胆略是一种挑战，对自己的能力也是一种考验。

话虽这么说，作为一名经营者，我也不能不考虑各种利害关系。就当时的情况，我心中根本没有胜算。无利可图的事绝对干不得，这是商界的铁则。可是面对这片荒废的土地退缩不前，那我还算是不动产经营者吗？自尊心不允许我这样做。

■ 过程痛苦，结果美好

目前全国各地处于休眠状态的住宅地及别墅地约有 5 万处，其共同点都是开发到一半叫停，导致上下水道、道路工程半途中止，以后长期无人看管，任其荒废。而造成这一现象的根源在于四十年前的国内形势。

当时在田中角荣首相《日本列岛改造论》的鼓舞下，举国上下掀起了一股土地开发的热潮，许多山林、原野都开辟成住宅地，分片出售。不动产市场热火朝天，甚至达到危险区域。就在市场不断升温的时候，席卷世界的石油危机爆发。1974 年 12 月，市场坠入低谷，开发商、销售公司接连破产倒闭，留下来的这些开发区变成了被人遗忘的角落，杂木、杂草遍地丛生，一派荒凉。生活最基本的自来水管道等基础设施止于半途，因此几十年来业主一直处于房子盖也盖不得、卖也卖不得的尴尬状态。

众所周知，日本是个国土有限的弹丸之地，土地对于这个国家来说是极其宝贵的资源。而这么宝贵的土地开发成住宅区用地后却让它闲置，不加以利用，这对国家来讲可以说是一大损失。当初投入巨额资金开发出来的大规模宅地，为什么就因为配套工程没跟上来而功亏一篑呢？又为什么后来没有人愿意接手呢？其中各种复杂的因素交织在一起。

日本法律规定，土地再开发需要得到百分之五十一业主的赞同。可是这里的业主分散在全国各地,而且闲置已久,其中一些业主已经下落不明,更有一些业主早已产权易主。再开发之前,接手的公司首先要过的第一关就是挨家挨户找上门,一一核实并征得同意。这无异于大海捞针的起步工作,足够令有意问津的公司退避三舍。另外,对于那些不赞成再开发的业主,需要买下他们的土地,或者为他们提供别的宅地。我在日本全国 79 处地方所进行的再开发事业,采用的就是后者的方法,提供高原、海边、河边、湖畔的宅地以及带温泉的宅地,任他们自由挑选。

另一个问题是,当初参与的开发商、管理公司大多已经倒闭,再开发工作有必要找出这些公司的案底,将关联的问题逐个解决。这之间还需要与地方政府交涉,总之是困难重重。正因为如此,大型不动产商、商社以及当地政府都一致认定这是一个捅不得的马蜂窝,谁碰了谁倒霉。

俗话说,无利不早起。作为一个经营者,要他冒风险,必须让他有利可图,无利可图的买卖却愿意承担风险,那只能说是愚蠢的行为。我开始着手接下这片宅地的再开发工作时,有不少朋友替我担心,更有人劝我放弃。他们的意见一点儿没有错,确实在旁人眼中,这是一桩吃力不讨好的差事。可我就是听不进去,我很清楚这不是一时半会儿可以得到别人理解的问题。"任世人说去,我做我为,唯我而知",坂本龙马的这句名言当时不知给了我多大的力量。

我相信搞好这一项目意义深远。就近而言，这个项目搞好了，可以彻底摧毁不动产行业的陈年老套；就远而言，可以清除1965年以来日本社会留下的负面遗产，让土地业主的资产复活，让开发商的死债变为活钱，同时为地方政府搞活地区经济做出贡献。我坚信这是一项具有社会意义的事业，而一项事业只要具有社会意义，路必将越走越宽，越走越长。就利益而言，我认为也不是完全没有胜算。因为充分利用土地，给土地带来价值，这项工作不受市场景气的限制，有着长远的需求。虽然过程也许痛苦，但结果一定美好。

开发宅地其实就是开发一个生活区，一开始也许是一片土地，可上面住进了人，这里就会变成一条街道、一片生活小区。因此，再开发的工作不应该停留在荒废宅地的改造，更重要的是让这里变成理想的生活区。我下意识觉得只要能在这里搞出成绩，一定可以推广到全日本，甚至创造出全世界不曾有人想到的商业模式。

■ 大胆计划，勇闯难关

主意打定后，我从早到晚满脑子都在思考如何让休眠住宅区复活，最终得出的结论是：关键在于如何调动每一个业主的积极性，把大家拧成一股绳。对于业主来说，他们目前所拥有的土地其实不外乎就是一个烫手山芋，住也住不得，卖也卖不得。而且闲置二三十年，大多数人已经对它不抱希望。如何让这种消极因素变为积极因素，让他们加入再开发工作的队伍中来，这将给项目带来不可估量的生机。一个业主的力量虽小，但许多微弱的力量汇合在一起就能排山倒海，战胜一切。

后来启动的 CCZ 开发计划便是基于这一认识制定出来的。CCZ 由"creative"（创造）、"capital"（资金）、"zone"（地区）这三个英文词的首写字母串连而成，它寄托的意念是：靠自己的双手，让自己的土地复活，在上面开创安居乐业的生活空间。

CCZ 开发计划具体包含两个要点。第一，将已经盖好房子的业主和拥有土地的业主调动起来，让大家的力量汇集到一起。第二，集结公司内部拥有的水管技术管理员、测量员以及律师等专家的团队力量加以配合。这些专家都是拥有国家颁发资格的行业能手，如果能将这两股力量结合起来，再难的问题也可以迎刃而解。

计划定下来后，我们最初着手的项目是坐落在兵库县小野市郊外约有 700 块宅地的小区。这片小区 1970 年出售时被一抢而空，但随后石油危机爆发，开发商破产，以后长达十五年被闲置，配套设施多数停于一半。我们开始的第一项工作就是把分散在日本全国各地的业主召集起来。为此公司员工通宵工作，分头查找业主下落并制成名单。经过不懈努力，最终找出了 621 名业主的住处。接下来的工作便是全公司员工分头出阵，带着业主名单，捧着再开发计划书，挨家挨户登门拜访进行说服工作。有时候好不容易找上了门，可业主早已搬走，遇到这种情况，前面做好的一切工作都得报废,再从查找住所一步一步做起。

接下来的过程更是充满波折,所有的员工都被搞得焦头烂额。有的业主一听说是不动产公司来的人,便二话不说给来客一个扫地出门;有的业主疑心重重,三番五次登门才勉强坐下来听你说明。至于放狗逐客的、约好时间上门却故意装不在家的更是家常便饭。

如何解决话难听、门难进的问题呢?经过了解,我们知道这些业主之所以不愿配合是他们心存顾虑。当时社会上有些不法分子打着上门推销的幌子行骗,什么把戏都有,真假难辨,难怪业主们对陌生人上门很警惕。针对这种忧虑,我们的员工采取的办法是耐心、耐心再耐心。一次不行两次,两次不行三次,直到对方化解疑虑。

经过全体员工的不懈努力,大部分的业主为我们敞开胸襟,对我们的计划表示赞同。其中最令我们感动的是一位居住在外地的业主,当他知道我们千里迢迢特意找上门的时候,感激万分,再三要我们留宿。

■ 化解疑虑,同心同力

1985 年底,当地四户人家苦于饮用水不足,对 CCZ 开发计划表示赞同,并在我们的提议下成立了自治管理委员会。第二年 6 月,在神户国际会议会场召开第一届总会。当天,与会者三三五五陆续而来,到场人数超过业主总数的百分之七十。会上我首先向到场的业主介绍了再开发、再整备的意义,与行政部门交涉的经过以及 CCZ 开发计划。到场的都是同意计划的业主,本想会议可以进行得很顺利。可坐下来开始谈的时候,我们意外地发现,业主们的意见分歧很大,预定议程迟迟难以进展,整个会场充满着一种期待与怀疑参半的气氛。

看到这一情形,我再次拿起话筒对大家说:"我们这是第一次和各位合作,也许需要一个互相了解的过程。不过请各位相信,我们有信心、有能力把这片荒废的土地改造成各位可以安居乐业的住宅区。我们可以为各位提供的是朝气蓬勃的行动力和智慧,希望各位承担必要的分担金额,配合我们一起与地区政府交涉。等整备工程完成后,荒地变成住宅地的那天,希望让我们来负责销售工作。"话音未落,会场内响起了一阵热烈的掌声,几项重要的议程按计划通过。会上正式宣布成立小野平自治管理委员会,由居民选出的自治会长兼任委员长。

这次聚会为再开发工程扫平了道路,接下来就是开工了。首先必须敷设上下水道,修复路面,重新测量分界线,与地方自治体交涉拉进公营水道,要解决的问题多如牛毛,要处理的业务一个接着一个。其中最令人头疼的要数上下水道的敷设。照理说可以拉进市营水道,可是市水道公司提出的条件是必须等上下水道工程完成后才给予考虑,而且跟自治体的交涉工作也碰了壁。为此,我们只能先把公司私设的上下水管埋在小区的路面下，同时进行整备工作，等待市营公司方面的审批。

私设上下水道两年后完工，原先一坪售价不到1万日元的土地一下子涨到9万日元。随着整备工作的进展，越来越多的业主开始在这里盖起了房子，举家搬迁过来。他们当中有正值中年、购买土地准备退休后来这里安度晚年的人，还有本来出于投资目的购买土地的人。生活设施跟上了，住户增加了，土地价格也随之上涨，房产中介公司标出的价格一坪竟达到20万日元。确切地说，并不是价格涨得太高，而是过去太低，现在开始与周围的地价持平。

之后在小野平自治管理委员会的积极配合下，我们终于说服市水道公司。整备工作开始十二年后，终于盼来了市营水道拉进生活区的那一天。通水仪式当天，业主们为我们颁发了奖状。我们确实为他们做了一些有益的工作，但这毕竟是我们应尽的责任。当时我手捧奖状心潮澎湃，切切实实地悟出了一个道理：益人益己的工作才是正道，从事具有社会价值的工作，从中体会到的感动是金钱所无法取代的。

实际上，CCZ开发计划比原先预定的时间大幅度拖延，而且耗费了巨大的人力、物力。就这一点而言，我内心确实留有一丝遗憾。然而从另一个角度来讲，也可以算是成功的。因为该工程完成了无人敢于挑战的艰难任务，更重要的是CCZ开发计划的完成为我积累了宝贵的经验,之后还有不少同行慕名上门来取经。我本人后来着手其他五处宅地的再开发工作,靠的都是 CCZ 开发计划所得来的经验和教训。

休眠宅地的再生工程是一项艰巨的工作,但给予我的经验却是一生受用不尽的。它把我的梦想推向了一个新的高度,催我追求更高层次的不动产再生事业以及流通事业。

第三节 多管齐下广开财源

■ 目标直指复合型企业

休眠宅地再开发工程成功后,为了与时俱进,实现跨越性发展,我开始把眼光转向如何加大公司转型力度。我当时的方案是把现有的公司归并成一个复合型企业。准备工作做好后,于1987年将现有公司资源按照建设部门与生活区开发部门分开,进行了一番改编,同时新设立几家公司。建筑部门方面设立了株式会社住光和株式会社环境整备公司。前者专门负责不动产销售及圆木生态别墅的建造工作,后者为现在全管连的前身,株式会社都市环境整备公司与株式会社都市开发中心合并,主要从事住宅区基础建设,争取上市。生活区开发部门设立了株式会社 SAISON 公司,专门负责回应其他公司的咨询。

我的目标是把公司发展成一个满足衣、食、住这三大基本需要的复合型企业。最初着手的是饮食方面。为什么呢？因为我知道不动产行业起伏很大,而且不是每天都有现款进来,相比之下,饮食业最大的优点就是每天都有现款收入,如果能开几家饮食店,获取集团整体收入百分之四十的现款便可以稳坐如山。

方向定下来后,我立刻制定出在日本全国范围内开设饮食连锁店,最终实现股票上市的发展方向。一开始我们开办了寿司、杂样煎菜饼、炉边烧烤以及法国菜等总共十五家餐厅,统一取名二分之一连锁餐馆。由于经验不足,厨师的工资支出严重拖住经营的后腿,后来经过对连锁餐馆经营方式的研究,我们发现要办好连锁餐馆,最关键的一点是要搞出一套现学现会的烹调方法,这样就不用雇专业厨师,普通的临时工就足够胜任。

直觉告诉我要转变方向,即从烹调方面向家庭餐馆看齐,而用料方面比它讲究,使用最高级的材料,以此为特色。而要满足这两点,我认为最理想的菜品应该是老少皆宜的汉堡牛肉饼。只要味美价廉,再加上店内装修讲究一点儿,肯定能够门庭若市。

拿定主意后,我着手组建经营母体。首先设立株式会社安菲尼(法语无限的意思),先后在神户、和歌山、大阪开设连锁餐馆。第一号餐馆设在神户须磨,可容纳100名客人;二号餐馆设在和歌山,可容纳250名客人;三号餐馆设在大阪江坂,外观为圆木生态别墅装修，可容纳 150 名客人。

　　随后店铺数量不断扩大，但都是直营性质，连锁计划没能实现。不过我并不着急。当初我的目标就是先在全国开设三千家餐馆，把精力主要放在提高各个餐馆的业绩上。我早有思想准备，要开设全国规模的连锁餐馆至少需要有五十家直营餐馆做试验，通过不同的商业圈、不同的店铺面积、不同的店内装修摸索积累经验。

　　店铺所处地段决定餐馆经营的成败，盘下经营失败的店铺终究还是无法成功，这些都是饮食业界多年来的常识。可是我并不这么认为，我觉得信守过去的常识，不敢越雷池一步才是最危险的做法。我决定反其道而行之，至少店铺费用节省本身，对经营来说就有很大的魅力。另外，我觉得原来的店铺客人少，并不代表盘下来后也一成不变。我们可以找出客人不愿光顾的理由，到底是因为味道不佳，还是价钱过高？是没有特色，还是客流量不足？只要弄清楚原因，就能对症下药。我确信只要店铺有魅力，价钱再贵，地段再偏，客人照样会慕名而来。再不行，还有发广告传单召集客人这一招。根据我过去的经验，我做的广告传单一向效果不凡。

　　后来我盘下了几家经营困难的餐馆，改名为安菲尼汉堡牛肉饼餐馆重新起步。除了三家寿司餐馆出现赤字外，另外四十六家餐馆生意都十分红火。这一连串的成功引起了日本国内许多媒体的关注，电视台还做了专题报道，把我捧为新一代年轻有为的企业家。我的第一本著作也正是在这个时期付梓出版的。

■ 打破常识推陈出新

二十九岁那年，种种预兆显示日本的泡沫经济已经接近破灭的边缘，可公司的业绩仍然直线上升。年轻气盛的我浑身有使不完的劲，满脑子都是事业发展计划。论资金没问题，论时机，天时地利皆向我。我还犹豫什么呢？不久我开始把手伸向其他业界。

其实我并没有错估形势，我知道公司虽然业绩还在上升，可从大环境来看，早晚会有减速的一天。我之所以染指其他行业，恰恰是出于未雨绸缪的考虑。我希望能在公司业绩亮起红灯之前，摸索出下一个有发展空间的事业。我之所以敢这么尝试，一方面也是因为再开发事业这一集团的中心母体在全国二十六处大型宅地掀起了圆木生态别墅的建设热潮，业绩日趋看好。有这一业绩做后盾，我可以没有后顾之忧。

继饮食行业之后，我又乘胜追击，进军服装行业。这是我蓄谋已久的一项计划，之前我做过一番周密的市场调查，积极吸取各方面的经验教训。从中我发现这个行业一年到头尽在推出新服装和贱卖过季服装之间打转，没有一家公司不被大量的过季服装搞得晕头转向，而问题的根源就在库存积压上。我认为要在这个行业站住脚，首先就要有一套解决积压问题的有效方案。为此我采取的措施是定期举行时装发布会，利用货样店进行目录销售。货样店面积不用大,只要有五坪,室内搞得新潮一点儿,这样就可以不愁库存压仓,做到小店也能做成大买卖。

方针既定,接下来便是开始着手商品开发。首先我们聘请日本时装名师设计"half&half"和"La lute"这两款高级品牌,紧接着又跑到欧洲挖掘才华出众的年轻设计师,让他们在当地设计生产新品牌"SAISION",然后返销日本。

从开发到销售策略的构筑,每个环节都由一流的专家和我们管理层一起磋商决定。几乎每天都是加班加点,有时还挑灯夜战,可员工们个个斗志昂扬,公司内热气腾腾。最初开发出来的时装共有五十款,我们选择在大阪新大谷酒店举办时装发布会,当天应邀到场的嘉宾达一千名。如此规模的时装发布会轰动了日本全国,各家媒体纷纷前来报道。

后来者要是死守行业常识,必将永远落在别人后面,必须选择一条前无古人后无来者的路去走。我进军服装行业从一开始就是抱着这种不拘一格的想法,没有打算走大家都在走的路,我愿意另辟蹊径。因此时装发布会的成功对于我来说也是一种见证,证明自己的判断是正确的。

当时接受一家杂志社采访时,我要求记者为我们向社会做出呼吁。记得我是这么讲的:"这些时装是我们竭尽全力开发出来的,我们并不满足现在的成功,认为现在的服装业界缺乏新鲜的感性,我们愿意为之吹入新风,输入新鲜血液。我们愿意给有作为的设计师、缝制师提供机会，希望他们加入我们的行列，在下次时装发布会上大显身手。"

单由专家组成的团队有一个通病，就是不敢打破行业陈规常识。我对于服装设计纯粹是个外行，正因为如此，我可以无所忌讳。我感觉销售高级时装、高级皮草还远远不够，还需要加进高级和服。于是我收购了一家和服老铺，改名为株式会社千光，同时在京都和大阪北新地开了一家和服修洗店，除从事和服制作销售外，还提供和服整洗、去斑、以旧翻新等服务。对于和服行业，这是一次划时代的尝试，它改变了和服传统的销售方法，给和服市场带来了新的生机。

要推翻常识，独树一帜，有时需要有外行人的胆略和思维。这也正是专家所难以企及的，我就是凭着这一点在服装业界干出前人未能做出的事业。

经过多年的努力，我手下的SAISION集团发展到涵盖五大领域的规模。宅地销售部门拥有株式会社都市开发中心，住宅区、公益设施的维持管理部门拥有株式会社环境整备，建筑部门拥有专门提供圆木生态别墅的株式会社住光，饮食部门拥有株式会社安菲尼，服装部门拥有株式会社千光，咨询部门拥有株式会社SAISION。

白手起家历经七个春秋，集团员工人数150名，连嘱托员工、临时员工也算进去的话，那就是1 600名以上，年营业额超过100

亿日元。谁能想到，当年那个小推销员今天竟成了名扬远近、备受全国性媒体注目的青年实业家。

不久，我开始考虑盖一栋集团的大楼。对于经营者来说，拥有自己的大楼可以说是事业发展的一个里程碑，也是对兢兢业业、任劳任怨为公司添砖加瓦的全体员工献上的一枚勋章。记得当时计划一传开，公司上下人人欢呼雀跃，个个精神焕发。

■ 泡沫崩溃，大楼易主

1990 年 3 月，泡沫经济崩溃刚过一年，大藏省（现在的财务省）通知所有银行执行总量规制，控制不动产融资。也正是这一年，集团大楼在新大阪落成。而立之年的我能够拥有自己集团的大楼，这正是我涉足商界时给自己立下的一个目标。

事业一帆风顺，每个月都在新开直营餐馆。汉堡牛肉饼事业部门旗下的连锁餐馆业绩一直在上升，每天接待 6 700 名客人，按月算约为 20 万人次。可是千算万算，就是没算到竟会碰上总量规制政策这颗钉子。原先预定好的建楼资金就因为政策变卦出了一大缺口。大楼用地是几年前买下的，这一点没有影响。问题就出在建设资金上。原先预定从银行贷款 7 亿日元，而大楼即将落成时，新政策颁布，银行大幅度下调融资额，只同意融资 6 千万日元。大楼验收后，当天必须支付剩余的 6 亿 4 千万日元。这一缺口对于我们是一个不小的打击。为什么呢？汉堡牛肉饼事业部门虽然业绩显著,但利润都用在开设新的直营餐馆上了。日暮途穷无计可施,眼下只剩一条路,那就是舍车保帅,卖掉大楼。

拥有集团大楼是自己多年的夙愿,眼看就到嘴边的肉眼巴巴地拱手被别人拿走,这种滋味让我铭心刻骨。大楼易主没过几天,悔恨之念开始缠绕起我。想想拥有集团大楼的种种优点,再看看员工们个个大失所望的神态,我心如刀绞,几近崩溃。我发誓想尽一切办法,也要凑齐资金把大楼赎回来。我最不愿意低三下四到处求人,可只要能赎回大楼,让我做出再大的牺牲也在所不惜。

几个月后大楼总算赎了回来。一次都没用过的新盖大楼转手他人,转眼间又给赎回来,冤大头本人还兴高采烈的,天底下再也找不到第二个像我这么愚蠢的经营者了。大楼的买主是居住在新大阪的著名企业家石川加代子女士。当她听说我要赎回大楼时,一下子惊呆了。一会儿要人家买楼,一会儿求人家退楼,天底下哪有这么说变就变的经营者?不过这一来一回的周折,让石川女士对我有了很深的印象,日后每当我遇到最困难的时候,总是她扮演着相助贵人的角色。

筹集资金真不是件容易的事。绞尽脑汁,用尽人情不说,还得赔尽笑脸,磨破嘴皮,每一步都是对自尊心的严重打击。但是凭着过人的胆量和百折不挠的毅力,不用多久我便凑齐了这笔资金。这是我有生以来第一次品尝到缺钱的痛苦。

自从走上社会那天起,我就没有遇到过什么大挫折,我觉得钱这东西只要你肯吃苦就不愁挣不到手。当上经营者后,公司利润一直在上升,可以说这一路都是一帆风顺过来的。也正因为如此,我过于自信,得到的利润从来不存银行,有多少就投资多少。只知道攻不知道守,结果关键时刻吃了资金不济的亏。

当时我刚到而立之年,现在回想起来吃亏也是必然的。年轻气盛本身不是件坏事,但作为一名经营者就意味着缺乏成熟。所幸过了这一坎,我发现了许多平时没有注意到的事情。

在我困难的时候,很多朋友向我伸出友谊之手,让我感受到了成功时所没能感受到的温情。一开始我甚至感到困惑,为什么会有这么多人愿意帮助我呢? 不久发现,我的困惑恰好反证出自己过去的错误想法,我没有注意到身后有这么多人在默默地关心着我,以为成功是靠自己一个人的能力与努力。

■ 天有不测风云

搬进集团大楼后,不久一切都安顿停当了。员工们个个精神饱满地投入新的目标,争取早日让公司股份上市。可就在这时,市场景气开始出现下滑的征兆。不久征兆变成了现实,人们相信的发展神话坍塌于一夜之间。

泡沫经济崩溃后,日本市场景气一路下滑,业内同行纷纷倒闭,我们集团也难免受到影响,营业额远不如从前,多亏大型休闲宅地再生事业以及不动产流通事业这两大中流砥柱的支撑,集团母体的经营仍勉强保持稳定。

在其他部门一蹶不振的情况下,最有发展前途的要数可以为集团带来现款收入的饮食部门。于是我们便在大阪与神户之间的地区一家接一家地开起直营餐馆,同时设立运营本部,重启一再拖延的连锁餐馆计划以及股份上市计划。

就在我们重整旗鼓,准备大干一番的时候,1995 年 1 月 17 日,大地震突然袭击神户,震毁了我们开设在这一地带的许多店铺。其中面积 100 坪的大型餐馆震毁四家,面积 60 坪以上的中型餐馆震毁五家,小型餐馆震毁十三家。另外,集团拥有的小楼房也震毁一栋。

餐馆震毁可以再建,可员工及家属的生命就不是这样了。当天我恰巧还没出门,地震平定后,我开始惦记起员工们的安危。可外面的情况无法了解,心里万分焦虑。等了很久,餐馆工作人员才打来电话,颤声向我汇报:店内全都震毁了。我第一句话就是:先别管店铺,人最要紧。赶紧确认员工是否安全,然后马上向我汇报。放下听筒,我一路直奔公司本部。

根据汇集来的信息,我得知全体员工都平安脱险,高高悬起的心这才落了地。接下来,我就开始准备救援物资,准备慰问遇难的员工家属、震区业主、交易客户。

战争般的一天终于结束,这时我才静下心来分析公司的受灾情况。灾情比我预想的更惨重,总共四十九家餐馆中,全毁九家,半毁十三家。更糟糕的是,这二十二家餐馆都是最赚钱的,且偏偏毁在准备面向全国大干一番这一节骨眼上。

■ 充满苦涩的决定

阪神大地震后一个月,我招集公司高层开会研究今后的措施。餐馆受灾严重,截断了现款来源,这将直接影响公司的资金周转。另外,修复受灾店铺需要大笔资金及其他经费,计算起来至少需要43亿日元。会议上我从部下嘴里听到了更令人丧气的汇报:这几家受灾餐馆只加入火灾保险,没挂地震保险,无法获取保险公司的赔款。剩下的希望就是指望政府的特别融资了,可这又得等到猴年马月!

摆在面前的问题一个比一个更严峻,然而只能面对。到底是应该拿出公司的底力让神户四家大规模餐厅重振起来,还是收场退出饮食业? 这个问题摊在谁的身上,都难以一言搞定。

会上始终得不出结论,只是时间在不停地流逝。散会时已是夜深人静,我独自一人躺在本社六楼一间日本式房间的榻榻米上,累得全身骨头都散了架,可脑子还在那里飞速地转着。作为集团的最高责任者,这种时候最终结论只能靠我自己拿。面对员工的茫然,再想想宅地业主们的焦虑、交易客户的不安,我又怎能不慎重以对呢?

我久久地闭着眼睛,任思绪信马由缰,冥冥中著名思想家中村天风《朝日偈辞》中的一段训世名言浮现在我脑海中：

我凭着毅力、勇气与信念从死亡的灰烬中站起。

我愿作为一个正直的人发挥能力，尽守本分。

我愿在每天的工作中拿出最大的热情。

我愿自己内心充满喜悦与感激之情。

我愿自己的希望、目标永行正道。

我愿自己开朗和善，乐于助人，完善自我。

我在心里默默地反复吟诵着这段名言，困惑无助的心情一下子舒坦了许多，身体也随之得到了放松。论工作，我可以吃苦，一个人干几个人的活我都不感觉累；论努力，我绝不落人之后。可是正值年轻力壮、大好年华的我，内心并不充实，并不充满喜悦。

我所从事的工作都是自己觉得有益人生、有益社会的，对我来说真正的充实、真正的喜悦来自"大型住宅区基础设施再整备事业"以及"圆木生态别墅事业"这两大部门的发展，而其他部门大多出于谋取经济利益。以前我认为，作为一名经营者持有这种动机也是无可厚非的。

中村天风的名言令我无地自容。我发现自己迷失了人生目标，让自己陷入为经营而经营的死胡同。中村天风告诫世人："出于个人欲望而做的事，成功概率微乎其微。大凡事业有成的人都是自发地摆脱欲望,然后去思考、去实践。同样一个工作,出于欲望与出于有益社会,两种不同的动机带来的结果将大相径庭。"

只要是经营者就必须让自己的公司不断发展,要求得发展就必须将得来的利润用于投资,不断扩大。这样小目标可以变成大目标,小小的梦想可以变为远大的理想。这是涉足商界那天起,我内心抱有的信念。从某种意义上讲,我的欲望确实太强了些,但是作为手段的欲望与作为目的的欲望,两者之间有着天壤之别。办公司开展业务就是一场没完没了的战斗,是与资金的殊死相斗。经营者的烦恼大半都在资金问题上,因此无意识间很容易把两种不同的欲望混同起来。中村天风的名言为我点明了自己错在哪里,让我茅塞顿开。

■ 孰重孰轻,难割难舍

多元化经营是我酝酿多年的事业方针,但在天灾面前只能做出有选择性的妥协。我拿出的结论是生活区开发事业部门必须死守,其他可以整顿。如果选择破产,这将意味着我们公司再开发的住宅区水管敷设工程从此宣告停止。这种住宅区遍布日本各地,居民的生活将受到严重威胁,尤其是高龄者,对于他们事关生死。生活区内的水道等配套设施需要半永久性维护管理,是一项负有社会责任的事业,因此我认为就是天塌下来也得顶住。直觉告诉我,只要我能保住这一块,今后无论自己选择什么样的人生都将问心无愧。

结论拿定后就剩下行动了。第二天,我再次召集集团高层召开紧急会议,会上我努力克制内心的痛苦,对部下发出命令:撤离饮食业,现有的四十九个餐馆一家不留全部盘出去。另外常年收益赤字的部门统统关门。我很清楚经营规模突然缩小必将导致经营恶化,甚至无法维持,但是我认为处理问题时不应只顾眼前而误了长远之计。长痛不如短痛,过了一天,收益不佳部门的清理工作正式开始,汉堡牛肉饼餐馆安菲尼连锁店于当年三月将所有股份卖出,店面优先转让给愿意自立门户的员工。

公司的整顿清理工作进展顺利,但经营规模短时间内急剧缩小夺走了企业的活力,导致经营疲惫。进入六月份,公司终于弹尽粮绝,又到了决断的时候,这也是最后一次了。

就我本人而言,公司关门并不是什么大问题,最让我放心不下的是生活区开发事业,这项事业关系到千家万户,说什么也得留下这颗种子。原先就是开发商半途撤走导致住宅地荒废,我绝不可以重蹈他们的覆辙,否则我将无颜面对支持我们的宅地业主。再开发、再整备的成功给荒废的土地带来了生机,房屋越盖越多,住户日渐增加,就在这时候我们拍屁股走人,这对业主们是多大的打击啊,我有责任不让他们失望。

心里这么想,但现实是严酷的。摆在面前的问题个个都无计可施,我都快招架不住了。苦苦冥思中,我眼前突然浮现出一个人的身影。她就是几年前买下我们集团大楼的石川加代子女士，当时她在经营一家专门指导牙科大学应考生的补习学校。电话联系后，两人见面。我把情况如实地告诉了她，听完我的话，石川女士很爽快地说："别这么消沉，这不像你的一贯作风。别担心，你的生活区开发事业部门和圆木生态别墅部门，我接定了。"一句话让我感到一股暖流直涌心头，一种如释重负的感觉令我浑身脱力。下一个瞬间，我首先想到的是我总算对那些支持过我的业主们有所交代了。

那天，我当场把两个事业部门的经营权连同76名员工交托给了石川女士。遇到石川女士这位贵人，公司免于关门，员工免于流落街头，也算是两全其美了。我该想的想了，该做的做了，内心感到了一种久违的平静。

花费十年辛辛苦苦培育出来的SAISION集团只留下两个部门，其余全都清理解散，留给我的是当初以我个人名义做担保的债务。从白手起家发展到年营业额120亿日元的企业就这么落下帷幕。后来我才知道这并不意味着曲终人散，它只是为更精彩的下一幕做准备而已。可惜当时的我确实没有豁达到可以预见未来。

■ 治标不治本的反省

公司清理工作结束后，我决定暂时离开商界，好好反思自己走过的路。从十七岁走上社会一直到现在三十三岁，十六年如一日拼死拼活地工作，为了追求梦想马不停蹄，勇往直前。我到底错在哪里？是哪一步没走好？

我相信每个来到世间的人，身上都带有与生俱来的天分，这一天分将伴随这个人一辈子，它不因后天的努力而得到补救。作为一名经营者，我知道自己的天分似乎缺少了点什么。究竟是什么呢？我决定静下心来，通过精神修养去探寻。

这期间，我在自己身上找到了许多应该反省的地方，而且越找越多。不久，我开始对这种没完没了的反省游戏产生厌恶。我怀疑对过去的反省到底有多大的意义，因为这种反省的结果只能让你后悔当初没有做出另一种选择，让你惋惜当初选错了方法。然而，当初做出另一种选择真可以成功吗？另一种方法真的就能避免失败吗？这些答案都不可能在反省中找到。再说，天底下本来就没有什么绝对的事情，也许两种选择都正确，也许都错误。更何况，歪打正着的事也不是完全没有。单凭假设，光靠大道理来衡量发生过的事情，这种做法本身就违背客观规律。我不反对反省，但我需要的反省并不是那种不痛不痒的伤感与来回兜圈子的自我埋怨，我需要的是触及本质、理清根源的答案。

■ 邂逅空海

自己办起公司后不久，由于操劳过度，哮喘这个老毛病复发，好几次被人用救护车送往医院抢救。当时有个熟人劝我去吹田市垂水神社,据他说,去那里可以求得保佑,让哮喘病好起来。

听信熟人的话,我决定一试。这天,我来到不动明王前,下意识地双手合掌,看着贴在眼前的咒文,照本宣科地念了起来:依摩崀挈曼达魃喋喇唉橄。说来也怪,我刚祈祷完,一下子不哮喘了。一时我都不敢相信眼前的事实。之后我又去了几次,每次都对着不动明王祈祷,没过多久我的老毛病彻底解决了。

多年治不好的病竟然可以靠祈祷治愈,越想越觉得不可思议。于是我找到神官,想让他为我开导开导。这次与神官的交谈让我受益匪浅,以后我对宗教开始有了兴趣,慢慢地了解到了真言密教,知道了弘法大师空海。

说来也是机缘吧,当初因为熟人的一句劝说,为我开启了宗教这一精神世界的大门,生性喜好钻研的我很快就开始看起了宗教方面的书。按照佛教的说法,当一个发现自己对某一种事物感兴趣,就算和这种事物结下了机缘。开始接触真言密教后,有一次我向高野山真言宗法城王寺山王的二见师傅讨教,师傅告诉我:"只要不死套道理,你就会很自然地进入真言密教的精神世界。"经师傅介绍,我拜见了高野山真言宗第408代总管和金刚峰寺竹内崇峰大僧,当面接受教诲,并得到了"玄津"这个僧名。

通过与各位大僧的接触,聆听他们的教诲,我内心萌生了把真言密教学个透的想法。不久,我便上姬路成田山明胜寺正式入门。

我在那里接触到了许多先贤者的真知灼见,认识到人的能力可分为两种：一种是思考能力，另一种是感受能力。感受能力即通常人们所称的"感性"，感性经磨炼可以升华为密教所说的"观性"，有了观性，你就不会为表面现象所迷惑，就不会迷失方向，可以发挥出无限的能力。

真言密教所说的"观性"正是我需要的。我觉得这是左右人生的法宝。为了进一步修炼，我决定剃度出家。不久，上野健一成了上野玄津。

自己的半生都在商场上打拼，现在竟然要收戈封剑。虽然我明白让自己清静下来，学会空心看世界非常有意义，但从来就没让自己闲过的我刚开始心里难免有点儿后悔，怀疑是不是太浪费时间了。

这期间，我接触到了空海的即身成佛思想。大多数宗派把修行目标定位在死后上天堂，真言密教则不同，它强调抱身圆满成就。就是说在这一生获得成就，而不依赖下世。空海的思想给因挫折而一蹶不振的我带来了希望。

精神修炼的同时，我还抽空拜访一些政治、经济、文化等方面的权威人士，向他们讨教。两年后的一天，住持把我叫去，严肃地告诉我，寺庙的修行可以告一段落了，接下来应该进行的修炼是回到现实生活为社会做贡献。2001 年 11 月 1 日，姬路成田山明胜寺正式授予我补权大僧都称号。

现在我明白了，两年的修行时间对我来说是极其宝贵的经验，它带给我一生取之不尽的精神财富。这种财富是无法用金钱换取的。如果没有那场挫折，如果事业一帆风顺，我又怎么会有幸得到这笔财富呢？

第二章　高龄化社会所催生的事业

第一节 东山再起重操旧业

▇ 闭门修炼，拓展思绪

交接工作结束后，我于 1995 年 7 月 15 日正式辞去公司董事长职位，退离经营第一线。这一天成了我终生难忘的日子。

以后我进姬路成田山明王胜寺修行，研究真言密教。不知是出家为僧修得正果的缘故，还是卸下了一切责任、精神得到放松的关系，我对事物的看法有了很大的变化，有了新的发现，学会了透过现象看本质，懂得了站在几种不同的立场去看问题。这期间我的思维变得异常活跃，甚至有点儿欲罢不能的感觉。

时间一久，我又开始感觉美中不足了。我觉得这种始于思考、终于思考的做法似乎过于形而上学，大有局限性。而我更希望能结合实践，并把自己学到的、悟出的道理传授给更多的人。不久我便开始行动，首先在兵库县北姬路的千光寺开设了一个经营咨询处。这家寺庙是以前公司的关系户，阪神大地震发生时遇灾，当时我们公司曾接手修复工作，有过一些交情。

寺庙办经营咨询业务，乍听起来谁都会觉得不伦不类，甚至故弄玄虚。可对我来说，这里是思考问题的世外桃源，而且给人与众不同的印象。不久,有不少人闻讯而来,向我请教经营上的问题,还有全国各地的公共团体、企业也纷纷请我去做演讲。

我就这样沉浸在宗教和商务咨询之间的小天地,自娱自乐。突然有一天,以前的员工找上门来了。前面介绍过,生活区开发部门和都市开发事业部门转手给石川女士,整顿成株式会社圆木生态别墅公司,尽管员工们拼命想把新公司办得更出色,可成绩始终不尽如人意。员工们找我,就是要我回去带领他们一起干。

经不起员工们的软磨硬泡,我答应找石川女士商量。见了石川女士,我开门见山要求让我以千光寺经营咨询员的身份对公司进行指导,我的毛遂自荐当场得到了同意。

回归第一线后,我最开始着手的是开发新体系取代过去的经营体制,调整促销与满足顾客的关系,对 CCZ 开发计划进行改良。两年间学到的空海密教在工作中得到有效应用,获得了突出的成果。以前不懂得去发现的事情现在变得一目了然,以前绕的弯路,现在看来近路就在眼前。以前为之搞得头破血流的事,现在变得轻而易举。我发现这两年的空白期并不浪费,相反为我准备了一生享用不尽的精神食粮。

各项改革给公司带来了新的活力,1998 年 4 月改名为"诺希亚思理想都株式会社"后,公司业绩更是直线上升,2001 年营业额达 45 亿日元。以后我又着手企业的组织改革,将株式会社住光、株式会社千光、株式会社环境整备、株式会社齿科有志补习学校、株式会社资金 F 以及全国自治管理连合会共六家关联企业升格为法人，加大发展力度。不久，集团总营业额上升到 75 亿日元。另外，以 CCZ 开发计划为中心的生活区开发事业也得到了社会的高度评价，为集团整体带来了良好的声誉。

我认准这是集团的上升期，需要再次进行大胆的企业改组，以便加大发展步伐，把生活区开发企业集团发展成名副其实的国内最大企业。机不可失，我首先将宅地维持管理领域堪称日本国内规模第一的"株式会社全国自治管理连合会"改名为"株式会社全管连"，为了进一步明确各个关联企业的作用及任务，提高工作效率，设立了中心指挥部"全管连集团"，销售方面则召集几名从 SAISON 集团独立出来的优秀部下，以他们为中心设立"诺希亚思集团"。

不难预测，日本社会的高龄化进程五年后、十年后将不断加速。出生于二战后婴儿潮、上世纪六十年代中期为推动经济腾飞起到主力作用的那一代人即将大量退休。这一大批人退休后的住房问题必将带来新的需求。这次改组正是以这种前瞻性眼光做出的战略性布局。在其他经营者看来，这样做也许大有操之过急之嫌，不过我相信自己对市场走势的眼光。

■ 百尺竿头更进一步

诺希亚思集团重启 CCZ 开发计划后，确立再整备与销售同步并进的商业模式,取得了很大的成效,业务范围扩大到日本全国三十五处荒废几十年的休眠宅地。

我们的工作是对荒废多年的休眠宅地进行改造,变荒地为宝地。这样一来就会有很多人愿意在上面盖房子,在上面定居,慢慢地形成一个生活区。作为一个经营者,看到这一前一后的变化,谁都会感慨万分的。谁都会觉得改造荒地不仅能复苏土地,更重要的是在建造理想的生活空间。

这一点欧美国家,尤其是美国的老人街建设经验很值得参考。他们的老人街一般都选在远离城市的土地,经过有计划性的开发,形成良好的住宅环境后,提供给五十五岁以上的退休老人,让他们移居过来安度晚年。我希望在日本建造一批这样的高龄者生活乐园,但不只是土地整平、房子盖好就万事大吉。我策划的高龄者生活乐园还需要提供综合性服务,其中包括提供健康的生活空间,提供安度晚年的各种设施,提供和谐的社区环境。这需要对最初的计划、建设过程以及社区规划进行统筹性策划,需要长期加以维护管理。

遗憾的是,目前日本国内尚未有可以胜任这一任务的专业公司。原因是要胜任这项任务,需要打破行业间的界限,集健康产业、文化产业、医疗产业等多项领域于一体,密切配合,另外还必须有大企业撑腰。

既然没有可供参考的先行模式,我决定独自开发出不属于任何产业的全新做法,把企业发展成开发生活区的专业集团,同时把目标定位在开发日本第一个大规模的高龄者生活乐园。

■ 打造高龄者生活乐园

我为什么这么执着于高龄者生活乐园呢? 说起来有几个理由。最初我想到这个计划,是发现休眠宅地的业主当中老年人占多数。他们当中有不少人壮年期买下宅地,到了退休养老的时候才发现配套设施没跟上,住不得也卖不得。然而,一旦配套设施再整备,很多业主都离开城市移居到这里。这是不是意味着城市生活者愿意放弃生活方便的都市搬到乡下呢? 直觉告诉我,这兴许就是一股新的时代潮流。

调查验证我的直觉没错。很多人退休后都愿意离开喧嚣的城市,到安逸闲适的乡下养老。我再次确信随着人口老龄化进程的发展,如何为老年人提供理想的居住环境,必将成为今后日本社会的重大课题。

那适合高龄者居住的理想环境应该是什么样的呢? 他们的第二人生又是追求什么样的生存意义呢? 我带着这些问题反复研究,同时参考海外高龄者的生活情况,最后得出了这样的结论:唯有专门面向高龄者的生活区才是最理想的。

另一个理由完全出于个人的考虑。我希望历尽艰辛的父母能够安度晚年,健康长寿。儿子在外面大力宣扬高龄者理想的生活环境,自己的父母却无法过上这样的生活,那我还有什么说服力呢?

当时父母居住在大阪的中心地带,他们对那里的生活十分满意,从来就没想过要搬到乡下去生活。有一天我告诉他们,自己现在正在开发一片高龄者生活乐园,希望他们搬过去住。我给父母准备的新宅坐落在一百万坪的大型休眠住宅地上,分成1 700户。我们公司正在着手这里的改造复兴工作,父母的新宅建在面海的一侧。

让父母移居过去对我来说也是一种试验,或者说是给自己下赌注。要是父母住了一段时间后感到后悔,那我的这项事业就没指望了;如果父母过得高高兴兴,甚至把大阪的生活都给忘了,那我的事业将前景可观。我从内心希望父母能够满意,能够给我鼓励。

第二节　高龄者生活乐园蓝图

■ 供不应求的高龄者住宅

为什么需要有面向高龄者的生活区呢? 要讲清这个问题,首先必须从时代背景谈起。二战后,即1947年至1949年期间,日本出现了一次生育高峰,仅这三年间共有805.7万人出生,社会上称这批人为"团块世代"。2007年将有700万在此期间出生的昔日栋梁进入退休年龄,大批流入社会。

面对大批团块世代及其他高龄者,社会又做出什么准备呢?受到注目的几乎只是身患疾病的老人的护理等医疗措施而已,如何安顿占80%的健康老人这方面的工作则不见有任何行动。健康老人的住宅环境问题更不在话下。

住房问题个人解决,实在无力解决的话,介绍进养老院。这是政府的一贯态度。再说政府办的养老院环境不好,数量紧缺,申请后至少要等两三年才能排上。民间办的养老院大多以盈利为首要目的,对于普通人来说大多高不可攀。据媒体报道,东京一些养老院一套房间标价3 000万到2亿日元,甚至还有一套高达5亿日元的。而且这种养老院和入住老人之间定的是终身契约,付出几千万到头来连一张登记权利书都要不到,万一养老院经营上出了什么意外,老人又该怎么办呢?入住老人离开人世后,也不能给子孙留下一分一毫。

可以说,日本社会在住宅环境问题上完全没有为高龄者着想。这一点中央政府、各级地方政府以及民间企业都难逃职责。美国这方面的经验值得我们借鉴。美国从几十年前起就在各地建设老人街,取名阳光城。其中有一家叫迪尔维普的民间开发公司在全美各地大兴老人街建设,满足老年人的住房需求。老人街入住条件是五十五岁以上，身无重疾。这些老人街大多环境理想，因此入住人口不断增加，住宅的资产价值也跟着上升。其中入住人口超过十万人的大规模老人街也不在少数。

为了随时了解美国方面的最新动向，我专门在拉斯维加斯设立了一家调查公司。我本人也经常到当地考察。拉斯维加斯郊外就有一处阳光城，地点处于沙漠交接处，住宅大多盖成底层平屋，以适合老人起居。这里建有人工池塘，四处植树造林，还建有高尔夫球场，环境优雅，我在这里看到的入住老人个个老当益壮，生活过得十分惬意。

据介绍，希望入住的老人事先可以从公司提供的几种图纸中自选一种，然后建筑公司按照图纸盖房交付使用。在美国，普通工薪阶层退休后大多选择这一方式给自己安排一个安度晚年的家。

美国人生活中经常用的一个词是 happy retirement，意思是祝你能够安度晚年。为了退休老人能够过得幸福，需要为他们提供理想的住宅环境，这一意识在美国社会中已经得到普遍认可。相比之下，日本社会根本就不存在这种意识。但是高龄化社会已经出现在我们面前，我们有必要虚心向美国学习。按照我的推算，目前日本社会需要的老人街不是一处两处，至少要一百处。考量今后高龄化的加速进展，这个工作刻不容缓。为了让更多的退休老人能够度过幸福美满的晚年，我一直在积极地寻找候选地，以便满足更多老人的需要。

■ 高龄者愿意离开城市

日本人的平均寿命男性为 79.29 岁，排名世界第四；女性为 86.05 岁，排名世界第一。平均寿命的计算方法比较特殊，它把死亡婴幼儿以及死于车祸的人也计算在内，因此实际寿命要比统计数字长。也就是说，六十岁退休后，还有二十到三十年的人生。这么一段漫长的日子该在什么样的环境中度过呢？是城市还是乡下？

我知道，近来美国出现了一些都市型老人街，但我的答案绝对是乡下。日本国土有限，无法照样效仿，日本还是需要根据自己的国情，将老人街建在离城市有一定距离的乡下。更重要的是，对于高龄者，无论从身体方面还是精神方面来看，在乡下生活占绝对优势。乡下没有都市的繁华，但这里有美好的大自然，有清风流水，可以为高龄者找回在都市生活中所忘却的自我，找回为工作而牺牲的生活。正因为如此，很多人在卸下重任的时候，在需要放松自己的时候，首先想到的就是到乡下生活。不是经常听到有人说"还是到乡下悠闲度日吧"，这句话流露出了一种对乡下的情怀，寄托着一种对慢生活的向往。

平时我不管上银座应酬，还是到外地做演讲，或者与外商谈生意，一有机会就向大家介绍乡下这好那好。工作在城市、生活在城市的我为什么这么在意乡下呢？究其理由，这跟我在从事荒废宅地改造工作中听到的、看到的有关系。

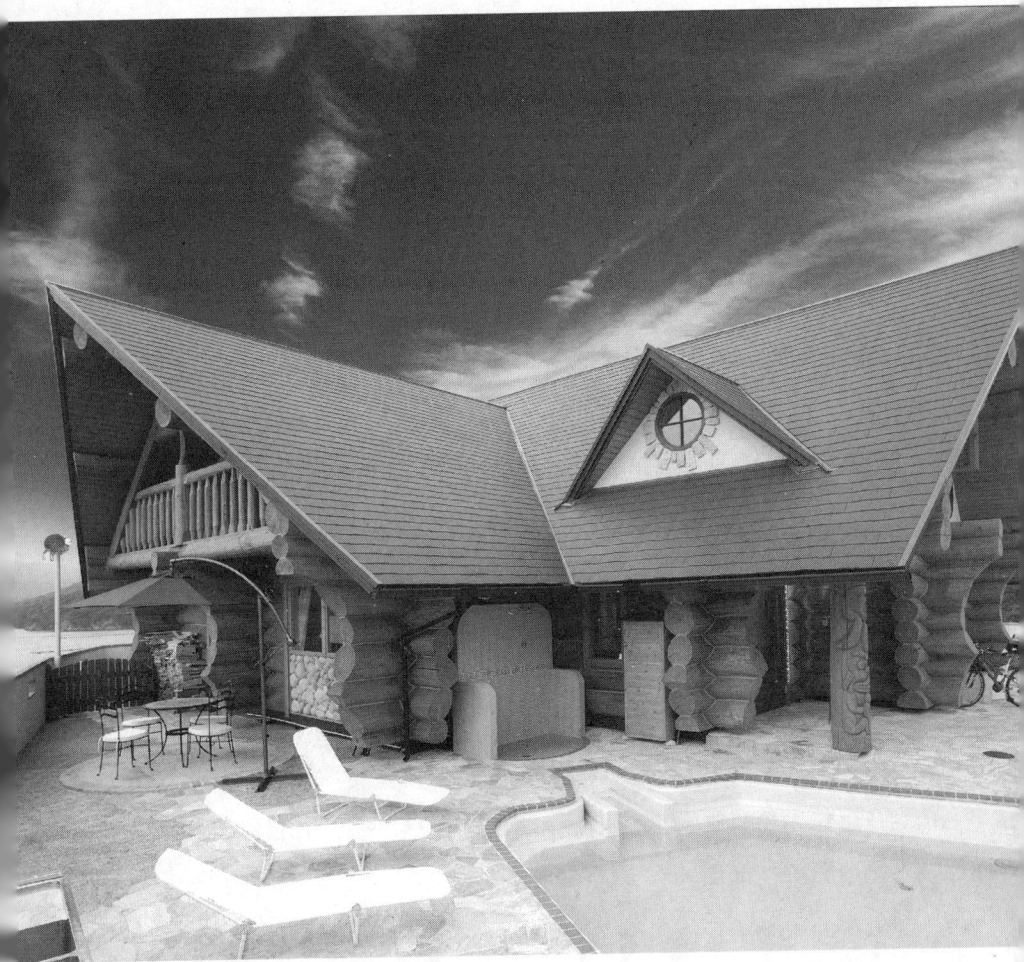

全管连盖的别墅。每家院子里有游泳池，池边设有烧烤台，可以在这里举办家庭聚会。

"搬到高原生活,哮喘病不治自愈。"

"每天想钓鱼就钓鱼,美不可言。"

"在河边盖了圆木生态别墅以后,孙子们变得经常上门来看我们了。"

"以前夫妻老是磕磕碰碰的,搬过来后每天早上手拉手到海边散步。"

"懒得出奇的我搬到乡下后,竟学起木匠活,自己做蜂槽,自己钉板凳。"

这些业主们发自内心的感言,正是我对乡下生活的优越性深信不疑的最大依据。但是如果有人问我:"乡下生活真的就那么有魅力吗?"估计我举不出具体事例说服对方。为了填补这方面的不足,我又开始钻研起来。找大学教授请教,找专家提问,把自己的疑问挨个解决。通过一段时间的摸索,我发现乡下生活的魅力可以从社会学、环境学、医学、心理学等角度加以证明。有了业主们的经验之谈,再加上理论武装,说服力就更大了。这样一来,我也就可以更有自信地去向别人推荐了。

之后我更是变本加厉,逢人便大谈特谈乡下怎么怎么好,随着说明次数的增加,自己的知识也得到了提高,现在如有需要,真可以登上大学讲坛开课了。顺便介绍一下,我跟相扑力士出身的现蒙古国会议员、总统候选人旭鹫山是多年知交,我本人身兼蒙古乌兰巴托大学外聘教授,每年数次在该大学讲课。

■ 海外考察有感

记得我二十六岁的时候，请过一个月的假，游了一趟北欧度假名胜。北欧是度假先进国家集中的区域，当时留下的印象令我至今仍难以忘怀，感动之余，我还把当时拍下的照片编辑成册在日本出版。

话题再回到我的高龄者生活乐园策划问题。我在考量这个问题时，由于日本国内没有先例可以借鉴，只能去海外取经。其中给我印象最深的要数欧洲有名的度假胜地——瑞典达拉纳县。过去这里是一片荒凉的农村地带，是一百二十年前逗留此地的年轻画家安格罗纳留下的一句话，使这个名不见经传的小村摇身变成今天的度假名胜。

"现有的房屋统统拆掉，改建成瑞典传统的圆木生态别墅式建筑，加工传统工艺品，让这里旧貌换新颜。"

在年轻画家的号召下，原本四周森林包围的贫寒乡村很快就变成了圆木生态别墅村，引起了全欧洲的注目，并招来了无数的度假客人。看着现在的度假别墅村，我心潮澎湃，这不仅是因为眼前的景观感动了我，更是因为我在这背后看到了村民们克服重重困难的艰辛历程。

一个年轻画家的梦想在他离开人世后仍得到继承，并结出丰盛的硕果。我发现眼前这两千栋圆木生态别墅，是靠生活在这里的人们的热情与善良建成的。我在这里学到了理想的生活区应具备自然和住宅以及住户之间的和谐，三者缺一不可。这正是自己多年追求的理想，我下决心把这里的经验应用到日本。

　　生活在欧美国家的退休老人以及享受养老金生活的人们可以很容易找到自己想居住的环境。就说位于澳大利亚西海岸的珀斯，相对富裕的退休老人都愿意搬到这里生活，有的还是从海外搬来的。一位英国友人曾这么告诉过我："在英国，邮局职员以及一般的工薪阶层退休后最想居住的城市是肯尼亚首都内罗毕，比较成功的人士则希望住在澳大利亚西海岸的珀斯。"他还帮我分析说："内罗毕受欢迎是因为这里属于英语使用圈，不存在语言障碍，再有一点就是气候温暖，物价便宜。靠养老金就能生活得滋滋润润，还可以雇上保姆。而珀斯，人们主要看上那里环境宜人，生活可以过得优雅自得。"

　　我曾率领全体员工到珀斯进行参观旅行，果然名不虚传，我们发现这里风光明媚，整个城市管理得井井有条。可老实说，我的第一印象并不是十分完美。我觉得太缺少刺激，甚至让人觉得有点儿压抑。我心里掂量着，到底是什么地方吸引人呢？

　　逗留几天后我慢慢明白，我在这里感觉压抑是因为过惯了仓促繁忙的生活。这里的魅力不光是靠眼睛可以看出来的，更不是凭脑袋想出来的，而应该用自己的五感去领会，用全身心去感受。整个城市生活节奏缓慢，每个人都按各自的节奏顺其自然地享受生活。有的夫妻双双携着手，心情舒畅地漫步街头；有的在餐厅与朋友一边交谈一边进餐；有的穿得笔挺笔挺、打扮得漂漂亮亮地来到高级酒店玩博彩。没有人在赶时间，一切都是那么安逸闲适、那么悠闲自得，任时光慢慢流逝。对于乐令年华的人们来说，能够按自己的节奏去生活这一点至关重要，珀斯之所以能吸引各国的退休老人，理由就在这里。

现在欧美国家的人们都在提倡并实践慢生活，享受人生，可以说珀斯就是一座名副其实的慢生活城。我发现日本高龄者生活乐园开发的楷模就在珀斯。

■ 乐趣横溢、滋味无穷的生活区

我认为衡量一个生活区是否适合退休老人，是否理想，主要看下面三点：移居过来的老人是否能够找到乐趣，是否能够交上朋友，是否过得快乐。

靠着土木建筑技术，靠着资金的投入，再豪华再舒适的建筑、设施都可以随心所欲建造出来，但这只是个空壳，重要的是里面的内涵。如果老人不能享受每一天，不能过得快乐，那么再美的环境、再方便的设施也毫无意义。我坚信这个道理放之四海而皆准。

走遍世界各地的老人街，我觉得都有一个共同点，那些吸引老年人的地方并不只是景色迷人或者设施先进，也不只是因为建筑物优雅，重要的是那里有保护完好的自然环境，有肉眼看不出来的、恰似土地灵气的魅力。这个灵气是什么带来的呢？答案很简单，就是活得有滋味、活得有乐趣的老人们焕发出的光彩。

　　什么是有滋味，什么是有乐趣，因人而异，不能强求。也不是建造一个什么特殊的设施就可以一夜之间摆平的，而我描绘的高龄者生活乐园一定不能没有这些。经过百般思索，我得出的结论是：既然无法做到万人皆宜，那么可以为每个人提供机会，让他们按照自己的意愿去寻乐，去觅滋味。我想只要能让老人们觉得自己搬过来后，可以发现新的乐趣，找到新的滋味，这本身就不失为一种魅力。

　　此后我的计划中加进了"机会"这个关键词，只要对居住的老人有帮助的机会尽量提供，这成了我的行动指南。以后凡是我能想到的马上落实于行动，先后开办了面向所有业主的"陶艺绘画学习班"、"自家菜园"、"出租农园"，还有面向养狗业主的"遛狗俱乐部"。另外还准备了一艘钓鱼船"希望之丘号"，专供爱好钓鱼的业主使用。同时积极举办各种活动，促进业主之间的交流。有钓鱼活动、大扫除活动、参拜伊势神宫活动、烧烤活动、游泳活动、烟火晚会、盂兰盆节跳舞晚会。此外，还定期举办摄影、俳句写作等各种有奖比赛，让居民们有发挥自己特长的机会，通过共同的兴趣互相切磋，加深感情。

　　上面列举的只是其中的一小部分，株式会社全管连所管辖的分售住宅区（约 7 万块）几乎是活动不断，三天两头就有一个什么活动,让你想闲都闲不住。这样的情景在全国79处分售住宅区随时可见。

"没想到晚年生活竟可以这么充实。"

"没想到都这个年龄了还能交到挚友。"

"清晨到自家菜园浇水拔草成了我生活的一部分。"

"空气清新环境优美,我的哮喘病竟不治自愈。"

"乐趣横溢""滋味无穷",这是我们运营高龄者生活乐园的一大目标,听到这些业主们发自内心的感言,我再次感到了提供机会的重要性。

第三节　健康的生活寓于健康的住宅

■ 一见倾心

在山明水秀、空气清新的乡下建设生活区,让高龄者过上有乐趣、有滋味的晚年生活,这是我多年来不变的事业目标。与此同时,我对住房建筑本身也有着过人的热情与执着。我认为住房每天相伴着居住在里面的主人,可以说是生活的载体。这个载体如果不健康,生活在里面的主人自然也就无法过上健康幸福的日子。我认为木造结构最健康,尤其适合高龄者,其中我最想推荐的是圆木生态别墅建筑。

我本人最初体验到圆木生态别墅建筑的健康效果是十九岁那年的秋天。当时我在大阪一家不动产公司当推销员,天天东奔西跑。有一天,办完事驾车走在回公司的路上。当汽车开到神户里六甲的峡谷时,四周绿树环抱中突然冒出一座建筑巍然屹立在晚霞辉映的树林间,我的眼球一下子被这一诗意盎然的情景深深地吸引住了。在杂志上见过这种建筑,没想到现在竟这么清楚地出现在这片茂密的树林里。一种无可名状的好奇心和神秘感深深地打动了我。

我不禁踩下了刹车,坐在一旁的同事吃惊地问道:“你怎么了,怎么把车停下了? 这里有什么呢?”我顾不上同事的再三催促,目不转睛地看着。下一瞬间,一种无法抗拒的力量牵引着我,让我开门下车,并朝着建筑物走去。

站在这栋由一根根巨木堆成的建筑物前面,我久久地仰望着不愿离去。我感到了一种强烈的生命力,一种父性的威严与母性的慈爱的完美融合,一种令人肃然起敬的氛围。以前对于建筑物,我从未有过这种感情。

这一偶然的邂逅奠定了我毕生事业的根基。从那天起,除了上班时间以外,我把所有的精力都投入到圆木生态别墅建筑的研究中,分析世界各地圆木生态别墅建筑的优缺点、生产效率,摸索更为经济的制作方法。那种废寝忘食的认真劲儿在旁人眼里简直就像一个着迷于电子游戏的中学生。

■ 以人为本的健康住宅

圆木生态别墅建筑,顾名思义就是一种全部使用原木盖建起来的建筑,由于它具有自然宜人、有益身心健康的效果,被誉为二十一世纪的生态住宅。下面就其独特的健康效应做一下简单的描述。

① 具有天然的调湿功能,将室内温度控制得恰到好处。

② 具有极强的隔热保温性能,冬暖夏凉。

③ 原木表层具有抵御有害紫外线扩散的机能,保护眼睛、皮肤。

④ 沁人心脾的天然香气含有减缓精神压力、化解疲劳的功能。

⑤ 室内的声音反射到原木上,可以发出悦耳的回响。

圆木生态别墅建筑使用的木材是普通木造建筑的五倍,室内本身就是一个健康温馨的空间。使用的材料不存在对人体造成危害的化学、放射性物质,相反有些久病不愈的患者住进去以后症状得到了缓解、改善。还有些多年求子不得的夫妻住进圆木生态别墅建筑后,喜抱金娃娃。也许这不是科学理论可以证明的,但有益健康这一点则是举世公认。

另外,圆木生态别墅建筑还有许多其他建筑所不可企及的优点。

① 不受气候、土地条件的限制。

② 唯一可以全部靠手工完成的建筑。

③ 使用寿命超长,享有百年建筑之誉。

④ 可移动性强,建筑多年的老房子也可以原封不动地搬走并重新组装。

⑤ 越住越显出风格。

几年前,一方面是为了自己钓鱼方便,同时也想让父母换换环境,我把建在琵琶湖的一栋圆木生态别墅原封不动地搬到了伊势南志摩珍珠岛。从拆解、搬运到重新组装没有发生任何问题。其实这并不奇怪,本来这栋房子一开始就是在加拿大预制后运到日本组装而成的。

以后这栋房子可以子孙相传,说不定将来儿孙想住到哪个岛上,或者心血来潮想住到山上都不成问题,搬走就行,而且搬几次都没关系。

这些优点就是我对圆木生态别墅建筑如此执着的理由。不但自己独有钟爱,我还处处宣传鼓动,让更多的人了解、接受。日本岐阜县有一片我们公司运营的"高鹫明高原自然乡"分售住宅区(约 2 000 块),这里共建有 300 栋圆木生态别墅,在日本国内分售住宅区排名第一。这一栋栋圆木生态别墅威严地矗立在绿茵环抱的高原上,形成一道迷人的风景线。面对这一如画似梦的壮丽景观,前来考察的同行、来参观的客人无不交口称赞。

本公司分售宅地伊势希望之丘珍珠岛（1 780 块）一景。

■ 安度晚年的理想住宅

健康理想的晚年生活需要周围环境与住房环境的完美结合，两者缺一不可。即使室内采用无障碍设计，楼层之间设扶手，房间与房间可以随心所欲移动往来，如果你的房子建在汽车噪声不断、空气污染的城市里，那还是无法过上健康的生活。另一方面，尽管周围的自然环境再美好，如果房子使用化学材料也同样对健康无益。

圆木生态别墅建筑不仅有益健康，而且有益生态环境，是一种环境与住房完美结合的居住空间。正因为如此，我几十年如一日积极从事普及工作。现在 CCZ 开发计划完成的全国各地分售住宅区建起了 4 000 栋圆木生态别墅建筑，并完美自然地融入日本的风土。

圆木生态别墅建筑唯一的缺点就是造价比一般建筑高，因此不是所有的人都能接受的。为此我从十年前就着手研究，并制定出了大家容易接受的价格。

环境优越的住宅地与有益健康的住宅完美结合，这正是我描绘的理想蓝图，让蓝图变成现实的时机已告成熟。

第三章

回应需要者的呼声

第一节 据点移向关东地区

■ 举军东进

我的事业是从关西地区为起点,逐渐向冲绳、西日本、中部地区以及关东北部扩展。由于地区跨度太大,慢慢地开始感觉以大阪为据点在不少方面受到制约。为了克服这一问题,为了企业的进一步发展,2005 年我决定在东京增设一个中心本部。

看到经营者过人的热情以及员工们充足的干劲,各方客户纷纷找上门来,商业洽谈及合作业务不断增加,尤其是东京方面来的业务明显增加,我内心一直有东进的构思。当然对我来说,东京并不是事业的终点站,充其量只是寻梦途中的一个落脚站而已。我所描绘的未来蓝图是首先建立东京方面的人脉,取得各方面的信赖,等关东地区的分块宅地销售工作以及生活区开发工作上轨后,将大阪、东京的公司降格为支社,继续挺进。七十岁以前把总公司机能迁往我本人安度晚年之地冲绳县名护市,将业务扩大到日本各地以及亚洲各国,一直干到八十六岁。

准确地说,进军关东市场对我来说并不是第一次。以前我曾参与过轻井泽分售土地的工作。这还是日本最大住宅建造商三泽企业的社长亲自打电话给我提议的。记得那是 1996 年 5 月 5 日，社长在电话中问我对轻井泽的分售土地有没有兴趣。

接到电话后，我马上驱车前往长野县考察。轻井泽是日本最有人气的高原别墅地，这里盖有 13 000 栋别墅。然而稍往北一点儿，即北轻井泽一带情况就完全不同。80 处分售住宅区，约有 22 000 块住宅地由于关联企业的倒闭等原因被闲置，水管敷设、道路修建等配套设施均止于当初。

但是，跟开发当初相比，交通条件倒是改善了许多。1968 年开发当初，从东京开车到轻井泽需要八个小时。高速公路与铁路开通后，缩短为三小时。1997 年 5 月北陆新干线通车后，一小时就能到达。

经综合分析，我判断这里交通方便，又能享受乡间生活，作为通勤圈内的别墅地完全有希望招揽到客人，当即决定接下这项工作。三泽社长要我接的是他们集团拥有的 20 万坪的分售别墅用地"owner shill 新轻井泽"，1968 年瓜分成 1 300 块以后，就停止了开发，任其荒废。泡沫经济进入顶峰期，三泽企业买下这片土地准备造高尔夫球场。可不久泡沫经济崩溃，公司决定放弃原先计划改为别墅用地，并进行了全面的开发。

三泽企业的开发方式与我们设计的 CCZ 开发计划下的再开发再整备不同，完全按照大企业一贯的做法进行，因此在很多方面受到都市计划法等条例的限制。我不是没预料到接下来会遇到很多麻烦,但还是决定拿下,并以总体监管的身份开始了销售活动。虽说取得了一定的成果,但不能算是成功。这可以说是多种因素导致的,一方面是由于石川会长发出撤退命令,致使原先拿下的317块宅地不能全数销售出去。现在想起来还觉得愧对三泽社长。

撤出轻井泽项目后,我与三泽社长就没有什么机会来往了。不过,缘分这东西实在让人捉摸不透。进军东京后,我们的来往又开始了。

■ 奋战首都圈

进军东京后,我选择的第一个据点是六本木新城榉树坡道平台屋顶五楼。这里是全日本从事商务的人们所向往的办公圣地。安顿完毕后开始办公,我和员工都很放松,心想初来乍到,一切关系都得从零建起,估计一段时间不会有多少客户上门。可出乎我们意料的事情发生了。从开业的第一天起,客户就一拨一拨的源源不断,各路信息滚滚而来。更使我感到惊讶的是,来客大部分是通过熟人介绍而来的初客。我再次切身感受到东京信息交流的速度与广度。

来客当中有不少是对我们展开的生活区开发事业感兴趣的人,个个都很诚恳地向我提出他们所关心的问题。他们认为我们独自开发的这项事业打破了既往行业的陈旧思维,随着高龄化社会的进展,这项事业将有更大的发展空间,希望从中摸索合作的机会。

不用多久,我的交际范围有了很大的扩展,结交了许多挚友。特别是与 HS 证券公司中井川社长认识后,经他介绍我在很短的时间内与其他行业的大企业搭上了线,认识了不少上市企业的高层。通过这些关系,接到了不少提携业务和共同策划业务。

一切都来得那么快,那么顺利,公司业务一下子多出好几倍。刚入住还没来得及习惯的办公室明显变得容量不够,只能再增加一个办公室。不到一年后,我决定在原有办公室的基础上,另在港区芝公园附近租下一间办公室作为全管连的本部。

这一年间,CCZ 开发计划在关东地区全面铺开,静冈县伊豆半岛的"网代南热海之丘"、"伊豆热海阳光城希望之丘"、"伊豆南修善寺山庄"、"伊豆天城阳光城希望之丘"这四处都由我们负责再开发再整备。再加上千叶县"千叶山武之森希望之丘"、长野县"西轻井泽阳光城希望之丘"、群马县"北轻井泽希望之丘"、"草津温泉南阳光城希望之丘"、栃木县"那须南希望之丘清流台"以及"矢板阳光城希望之丘",总共多达十处。

除此以外,我们还于 2010 年 6 月 1 日开设了带有天然温泉的饭店"戈兰所卢那须",供高龄者俱乐部会员使用。

考虑到关东地区退休老人的特殊性,地点重点选择首都圈外围的近郊,规模以大型为主。这样只需花上一两个小时就可以离

静冈县南修善寺空摄图。这里的分售地环境优美，富士山清晰可见。

开城市的喧嚣，尽情享受自然。我们的客人主要是刚满六十的团块世代一族，他们当中的大多数人还没有完全退出第一线，真正进入养老阶段还要一段时间，现在购地盖房主要是为日后做准备，而目前主要作为别墅偶尔来度假。设在离城市不远的近郊既可以满足他们现在的需求，同时又可以满足他们今后的需求。

我们根据每个人的情况提供不同的环境与住房，有沿海边而建的，有面河畔而盖的，有建在高原的，还有宅地内带温泉的、带自家菜园的。另外，还为宅地所有者提供出租农园，让他们自己动手种瓜种菜，享受农家乐，忘记都市生活的疲惫。

■ 向往乡村生活的人们

凭直觉我一直感觉关东地区会有很多高龄者赞同我的新乡村生活构想。这个构想新在哪里呢？一言以蔽之，就是保持城市生活所形成的习惯和审美追求，同时享受回归本真的乡村生活。具体的内容可参照我 2010 年 2 月出版的《与您共洽如何享受人生》一书，书中阐述的一些观点对如何安度晚年问题会有一定的参考价值。该书不对外出售，如有需要可参考本书最后一页登载的地址与我们联系，或者直接跟我们公司的员工打声招呼，我们将免费给您寄去。

为什么要提倡新乡村生活呢？几十年前东京郊外建起了大片住宅，提供给那些白天在首都圈上班的工薪阶层家庭。同时在周围有田地、有杂木林,环境幽静的地方盖了许多现代化的单户小房子。这些房子的业主都是从外面迁来的,不需要讲什么地缘血缘,不存在谁是地头蛇的问题。当时在这些条件的吸引下,许多一户三口的家庭争先恐后购买这里的房子。

岁月流逝,景换物移。当年的新兴住宅区经过几十年的发展已经变为都市外围的卫星城,早就失去了过去的幽静与自然。当年的业主眼下也已步入高龄,不适合继续住下去。环境以外还有房子的问题,二十几年风吹雨淋的木造房子寿命也该结束了。再说这个时候大多数家庭孩子也已长大成人离家单过,家中只剩两位老人。拆平重盖还是干脆卖掉另谋他处,很多人徘徊在两者之间。居住于东京与乡村之间的郊外卫星城的人们退休后该寄身何处呢?

不仅郊外如此,住在城市中心公寓的退休老人也有同样的烦恼。一般公寓寿命为三十年,如果中间加以大规模翻修的话,可以延长二十年。东京的情况是建后三十年以上的公寓不断增多,据有关方面调查,2010 年达 93 万户。调查结果出来后,政府管辖部门这才发觉问题的严重性,慌忙推出一份《有关公寓改建的法律》。

这些老公寓的业主大多是当初买下新盖公寓后一直住到现在,平均年龄在六十岁至七十岁之间。当年购买时签下的合同多数属于一单元所有权的那种。这种合同的公寓翻修时要遇到很多法律上的问题以及费用分摊等麻烦,因此成功的先例不多。

就算这些问题都圆满解决并开始拆平翻新了，几年工期完成之前，容不得你犹豫，你必须拿定主意，到底搬回去住还是另购一套带院子的单户。由此看来，不管公寓还是单户，晚年何去何从都是一件令人头疼的事情。从高龄者的身体条件及精神需求来看，不难推测他们当中愿意离开城市中心、搬到乡间住单门独院、享受自然的人肯定不在少数，这无疑是一个巨大的潜在市场。

基于上述认识，我认为适合首都圈高龄者的晚年住居应该具备的最起码条件是自然环境优美，有益身心健康，如能再来个家有温泉就称得上是锦上添花了。再一点就是离都市不远不近，以便老人可以经常见到儿孙，会会朋友见见熟人。满足了这些条件，老人们便可以保持城市生活的习惯，自然融入新的环境。

■ 实践是最好的证明

关东地区也有很多分售宅地处于休眠状态，在我眼里有不少地方只需稍加改造便可成为富有魅力的生活区。经过慎重筛选，我从中挑出了十处，准备提供给家住东京中心的退休老人。

为业主提供养花种草的环境，让夫妻之间、朋友之间可以分享爱好，爷爷可以与孙子到树林里捕捉昆虫，与爱犬在宽广的原野尽情散步，天天泡自家温泉让旧病不再复发。这些方面也属于我们开发工作重要的组成部分。下面介绍几处我们开发成功的例子。

那须南希望之丘清流台以和风丽景、群星满空以及附近的天然温泉而大受欢迎。这里不仅是钓鱼爱好者的乐园,对不钓鱼的人也同样具有魅力,因此这里的宅地特别抢手。

千叶山武之森希望之丘每户带有自家菜园,宅地刚出售就被抢购一空。后来我们了解到一些业主种菜越种越起劲,没多久就觉得菜园不够大。为满足业主的要求,我们另辟出一片土地作为出租农园提供使用。谁知道,刚开始出租就被抢个精光,最后我们只好一次又一次扩大出租规模。其中有一位现住东京的业主还没盖起房子就买下两块自家菜园,每逢周末过来种菜,一下地就不知道上来。

有一位在伊豆天城阳光城希望之丘盖了圆木生态别墅的业主告诉我们,他之所以选中这里是看到有天然温泉。退休后搬到温泉地生活是夫妻俩几十年来做梦都在想的事情,这里的天然温泉可以拉进家里,对患有皮肤病的妻子真是求之不得。

购买网代南热海之丘宅地的 300 户业主已有 96 户开始破土动工,到处一派生机勃勃的景象。一位业主向我们吐露了这样的心声:“我家在横滨,住的是公寓。现在不是流行什么 multi-habitation(身居两处)吗?离退休还有四年,可我已经等不及了,巴不得早一天看见自己的房子盖起来。”

另一位业主在这里盖起了带铺面的房子,他满面喜悦地告诉我们:“退休后最大的愿望就是开家糕饼店,一方面满足自己的兴趣,一方面给自己找点儿事做。这在东京根本不可能实现,所以来到这里。现在我的糕饼店都有了常客了。”

静冈县伊豆纲代南热海之丘空摄图。全管连盖在这里的别墅户户都家有温泉，不少人把浴缸设在靠阳台一侧,每天望着眼前的海景入浴。

年轻时或壮年时,选择住地大多数人主要考虑上下班方便,养儿育女方便。至于环境是否有益健康,住房够不够宽敞等问题只能睁一眼闭一眼。退休正是他们从这些束缚中得到解脱的机会,因此很多人开始愿意选择离开都市,搬到自然环境优美的地方去生活。

首都圈内抱有这种愿望的大有人在,今后这个队伍将不断扩大。我们公司目前准备的十处分售宅地(约1万块和供5 000户高龄者居住的公寓用地)明显远远跟不上形势,为此我们现在正积极地寻找下一个合适的候选地。

■ 有缘千里来相会

自从公司据点迁到东京后,我就东京大阪两头跑,时不时还要跑伊豆、轻井泽、冲绳、南纪白滨。晚上睡哪里,常常到傍晚还定不下来。近来为了增加六处(150万坪)给高龄者盖房子用的宅地,更是忙昏了头。经常是晚上在银座接待客户,深夜驱车前往伊豆,第二天赶回羽田机场直飞冲绳。忙是够忙的,但我觉得忙得有价值,尽管有时也很羡慕那种每天晚上睡同一张床、枕同一个枕头的生活。

就在我到处奔波,忙得像只无头苍蝇的时候,一天我有幸与久违的三泽社长再会。从他的口中我了解到他一直在研究适合日本人生活样式的住房,见时机业已成熟便毅然决定开设新公司,以便展开全国规模的业务。就在这时候他想起了我,想听听我的意见。席间三泽社长告诉我,他的公司最近开发了一批木造结构的两百年住宅 HABITA,希望我们公司协助销售。我当即答应了下来。

两百年住宅 HABITA 采用断面木造结构,特点是继承日本古民宅的优点,充分发挥木材的健康效益。而且这是第一批符合政府倡导的两百年住宅方针的先进建筑,因此在社会上广受关注。

我一向认为理想的生活区离不开宅地与住宅的完美结合,没有适合晚年生活的住宅,再好的环境对于老人也都失去意义。为此,除了积极寻找良好的宅地环境外,我还致力于圆木生态别墅建筑的普及工作,并在我们公司负责出售的宅地内建起了四千多栋这样的别墅。

美中不足的是圆木生态别墅建筑并不是所有的人都能接受的,一来因为造价高,二来需要经常维修。因此费用省又有益健康的木造结构建筑更易于普及。了解了三泽社长对两百年住宅 HABITA 所花费的心血,我内心暗自庆幸自己与他在这一问题的思路上英雄所见略同。

买下宅地的业主对于自己的土地,内心都有一张未来的蓝图。实际上买了以后马上盖房子的人并不多,大多数业主都是先买下宅地放着以后再盖,我们负责出售的分块宅地情况也不例外。近年来,闲置几年甚至几十年的宅地上建起了一排排的房子,有的是五十岁时买的宅地,十年后退休为自己能安度晚年盖的房子;有的是孩子独立了，老两口离开城市搬到这里。这里可以说是人口高龄化速度加快的一个缩影吧。

■ 开发老两口的住房

进入第二人生的高龄者家庭大多是孩子已经不在身边，家中只剩夫妻二人，因此可以随心所欲选择住处。针对这一情况，2002年我带领全管连住宅事业部的员工着手开发专供老两口居住的低价位住宅。

经过反复摸索，2009年成功开发出了"传统工艺圆木生态别墅系列·夫妻之家"。尽管住房面积不是很大，但装修讲究，质量之高堪称无懈可击。这是旧态依然的大型建筑商所无法办到的。研究构思过程中，我首先把经费抛在一边，只要能想到的好点子全都给放进去，难怪最后开会决定价位的时候还遭到过公司内部的反对。

我们的工作要说多杂就有多杂。除整备土地、开发环境、建造适合业主的住宅外，还需要在生活区内修狗狗广场、散步道，设置露天烧烤台，安排集团内的新乡村生活大学开设分校，举办各种老年人喜闻乐见的兴趣讲座。不过正因为如此，我觉得很有干劲，很充实。算起来，从最初开始分块宅地的整备销售工作以来三十年过去了，以前漂浮云端的渺茫目标现在已经山头隐隐在望，遗憾的是体力方面不如当年了。

"自己整天埋头钻研如何让更多的人过上健康快乐的生活，而你自己却过得那么忙忙碌碌，那么不健康，自己不觉得矛盾吗？"曾经有位朋友这么问过我。

这位朋友的话一点儿没错。我工作起来是没日没夜的，我甚至怀疑自己将来能不能过上安逸清闲的第二人生。不过天底下凡是想干出一番事业的人都需要比别人付出更多。读过知名企业家传记的人一定清楚，大凡事业有成的人，一辈子都坚守在第一线，一天都无法清闲下来。我的工作是忙了一点儿，但是乐在其中。我可以从中品尝到别人所无法尝到的快乐和社会使命感，可以看到自己的梦想和公司员工的梦想以及业主的梦想编织在一起所结出的硕果。

最近我又开始启动一项开发高龄者公寓的新计划，即在全管连运营的日本全国各地分售宅地内分别建造数栋能容纳 800 户人家的大型公寓。

第二节　盘点自己创下的业绩

■ 寻求高龄者生活的理想乐园

回想起来，最早都是因为与一片休眠宅地的相遇使我的梦想开始起步，让我认清了自己该走的道路，从此我便马不停蹄地奔跑在这条路上，途中虽遇到过坑坑洼洼，有挫折有失败，但都无法阻止我前行。

一路走来虽辛苦，但也得到了丰厚的回报。我为自己的事业奠定了基础，获得了不凡的业绩。如今业务范围西自冲绳，东至关东枥木县那须高原，CCZ开发计划在全国79处分售宅地开花结果，新的分售宅地还在不断增加。然而我不愿意操之过急，我知道建造理想的高龄者生活乐园关系到许许多多退休家庭的幸福，只能成功不能失败，因此光靠热情、劳力和资金是不够的，还需要花费时间去耐心培养。

我挑选高龄者生活乐园候选地时，布局条件固然重要，还需要考虑环境是否合格，规模合不合适等等，同时也重视能不能在这片土地上描绘出理想的未来蓝图。

目前处于休眠状态的分售宅地在日本全国共有5万处，其中不乏骗人钱财的物业，开始说得好听，土地一出手就人影不见，业主到手的只是一块荒地。还有一些本来就是池塘、沼泽地，根本不适合盖房子，却盲目开发，结果以失败告终。挑选时有必要头脑清醒，正确分析各种信息，否则很容易上当受骗。

如何从这些良莠不齐的物业中挑选出理想的300块大型宅地，这可是一项艰巨的工作。因此每次接到新的物业，我从来不一推了事，而是自己到现场把关，亲眼确认后再做判断。

琵琶湖西风车村空摄图。

开发理想的高龄者生活乐园不能不考虑气候、地形、业主需要等条件。条件不同，计划就得跟着调整。另外，成功的经验并不是万能的。一项开发成功了不证明以后就可以依样画葫芦，恰恰相反，每项物业都有自己的特殊情况，完全相同的条件根本不存在。在这个问题上我们彻底贯彻不同物业不同对待的方针，除重视上述条件外，还根据开发计划启动时期和进度进行灵活调整。

在这一方针的指导下，我们开发的大型分售宅地遍布全国79处，数量从300扩大到2 000，有的位于高原，位于田园地带，有的靠河边或海边，靠湖畔等，各具不同特色。下面介绍几位生活在这里的业主以及他们的感言。

■ 家有温泉，其乐无穷

足不出门天天泡温泉，这可以说是所有日本人梦寐以求的生活，也是我开发计划的一项重要目标。每当有新的宅地物业出现时，我总是先调查有没有可能挖出温泉，附近有没有温泉。

"泡了一回温泉，全身舒坦多了。"经常听人这么说。其实，花上一两天的时间去温泉地旅行根本不能收到什么效果。过去的人不是常说吗？温泉疗法重在三七。意思是说连续泡三天，坚持七星期才能收到效果，所以温泉疗法离普通老百姓非常遥远。

我们集团运营的分售宅地有多处实现了这一过去不能实现的梦想。其中有静冈县相模湾一览无余的"热海之丘"（493块），位于伊豆热海温泉区的"热川阳光城希望之丘"（310 块），位于滋贺县琵琶湖畔风车新城的"和闲之里"（351 块），田园风景环绕的三重县"榊原温泉大三台自然乡"（310 块），位于深山绿林中的奈良县"赤目樱花之丘"（845 块），海景迷人的和歌山县"新城胜浦"（782 块）都是以此为卖点而广受欢迎。

和歌山县白滨希望之丘的"阳光城"总开发面积达 391 039 平方米，分 1 285 块，由拥有 800 单元的高龄者公寓（新型养老院）"阳光区"和正面朝海的"海滨区"（129 块）构成。这里拥有两条南纪白滨温泉的源泉，可直接拉进各家各户，是目前日本规模最大的带天然温泉的高龄者生活乐园。

白滨温泉是日本自古闻名的三大名泉，具有多种健康效应，尤其以润肤养肌效果而闻名。听到这里的天然泉水可以拉进家里尽情享受，购买者接踵而来。

"阳光城"的业主不仅可以在家泡温泉，冬天还可以用来洗衣做饭（水温 16℃～25℃），深受高龄者的欢迎。家家户户都能拉上温泉，所以购买者在考虑建房时，大多数人都很讲究浴室以及浴池的装修配备，尽情享受家有温泉带来的快乐。有的业主把浴室设在露天后院，一边观海景一边入浴；有的业主专门选用丝柏造浴池，用玻璃做浴室天花板，一边观赏星空一边入浴。有一位购买河边宅地的业主自己动手在一层下面建了一个带卡拉 OK 的露天浴室，一些养狗的业主还为爱犬造专用温泉。

依山傍海的和歌山县白滨希望之丘空摄图。坐上游艇去钓鱼是居住此地的一大乐趣。

天天在家泡温泉给业主们带来了健康的生活。一位购买大三台自然乡的业主说："以前我患有严重的关节炎，走起路来都很困难。搬到这里以后不久就自己好了，现在我可以天天散步了。"另一位购买风车新城的业主告诉我们："自家温泉就是好，泡完后可以直接钻进被窝，一睡到天亮，睡醒时身体还是热乎乎的。搬过来以后我天天夜里都睡得香极了。"

为了今后改善并制定出更完善的方针，我们在出售的宅地内设点了解情况，随时听取业主的反映，调查他们有什么地方不满。我们将之称为"不满度调查"。调查开始到今天，带温泉出售宅地的业主没有一户感到后悔或者抱怨的，相反听到的都是感谢和赞美的声音。由此可见，家有温泉的生活对于高龄者是一件快乐的事情，是安度晚年的理想条件。为了让更多的出售宅地能家家户户拉上天然温泉，我们积极收集资料，如果附近有温泉地的话，我们会想办法开机试挖，哪怕一点小小的希望也绝不放弃。

我们今后的目标是创下"天天泡自家温泉活到百岁之村"的吉尼斯世界纪录，这也是我寄予"希望之丘"的一个希望。

眼下 CCZ 开发计划正在全力着手带温泉分售宅地"飞驒高山希望之丘"的开发工作。这里的地理位置得天独厚，附近有世界遗产岐阜县白川乡，有独具传统文化而闻名的观光胜地高山，而且邻近滑雪场和高尔夫球场以及度假村。自然环境也十分理想，一年

滋贺县湖西风车新城。这里离京都近,地处琵琶湖近旁,是理想的别墅地。

四季都可尽情享受户外活动。我本人都想在这里盖一座别墅,享受身居两地的乐趣。

■ 空气新鲜绿树环抱

大部分处于休眠状态的分售宅地一开始都是作为度假别墅用地而开发的,因此大多位于幽静的湖畔、绿树成荫的林间、景致迷人的高原或者小溪潺潺的河边,只要再改造再开发工作搞好,不愁找不到购买者。

邻接滑雪场和高尔夫球场,并带有天然温泉的"飞騨高山希望之丘·阳光城希望之丘"(681 块)以及拥有日本国内同一单元最多圆木生态别墅的"岐阜县高鹭明野高原自然乡"就是很好的例子。特别值得一提的是后者。它坐落于缓丘起伏的高原,周围景致辽阔,衬托出圆木生态别墅村的雅致与洒脱感,可以说是代表新乡村生活的理想典型。

一位在名古屋居住了四十年的购买者一直希望退休后不再住在嘈杂不堪的市内,愿意搬到四周宽敞的地方住。房子盖好后他和妻子搬了过来。一天他兴奋地告诉我们:几天前他打扫院子后,划了一根火柴点燃地上堆起的落叶。这一切都是很机械性的行为,可是看着落叶在火中一叶一叶地慢慢消失,一种发自内心的感动油然而生。点火烧落叶,这可是自己有生以来第一回。生活在城里恐怕一辈子都不会有这样新鲜的感动。

离京都市区驱车四十分钟的"瑠璃溪清流台"面临府立公园名胜地瑠璃溪谷，周围绿林环抱，风光明媚。这么好的条件，就因为开发商破产而成了三不通的荒地。2002 年 3 月 CCZ 开发计划正式启动，经过一场艰难的再改造，现在已经成为十分抢手的宝地。

有一对夫妇在河边盖起别墅后，每个月来这里度假一星期。他们的体会是："听着清脆的潺潺流水声，看着窗外的绿树，什么烦恼都抛到脑后了。这么好的地方让它闲置几十年真是浪费。"这家的妻子还告诉我们，自己正在做丈夫的思想工作，动员他退休后和自己一起搬过来住。

记得最初考察这片地的时候，我也觉得十分可惜。就凭这里依山而居、近水而栖的环境，住在这里什么病都会不治而愈，因此当即拿了下来。改造过程中我们始终注意保留原有的自然环境，做到住房与周围环境的和谐。听着这对夫妇的感言，再一次让我确信我们的开发工作没有偏离正确的方向。

山林、高原空气新鲜宜人，这是大家有共同体会的。有项研究显示，供应一个人的氧气吸入量需要有 16 棵树木。如果把这个人平时坐车、烧洗澡水等生活中消费的热量一起算进去的话，维持一个人的基本生活需要 300 棵树。另外树木分泌的芬多精对治疗神经疲惫有显著的效果，小溪流泉散发在空气中的负离子也有良好的健康效应。这么看来，自然环境好的地方就等于是氧气供应量

盖在兵库县峰山高原阳光城希望之丘的山坡别墅。

富足的好环境,这一点生活在城市就明显不利了。但只要你有勇气搬到乡下,就可以变不利为有利。

正因为如此,我们开发的分售宅地都选在自然环境优美的地方,同时结合每位购买者的不同需求,尽最大努力实现他们的理想。位于富士箱根伊豆国立公园内的"修善寺 Grand Village"(1 869 块)采用隐居之所为设计概念,为平时生活在城市、周末来这里享受田园乐趣的人们提供第二套住宅。

伊豆是日本有名的别墅地,我计划在这里开发一批身居两地(multi-habitation)型住宅。所谓的 multi-habitation,即提倡一种新的生活方式,倡导人们在两地拥有自己的房子,而且没有主次之分,根据需要灵活使用。比如伊豆和东京,两头都有房子,平时住东京,周末在伊豆或热海过。或者退休后在冲绳和飞骅高山两处各拥有一套房子,夏天在气候凉快的飞骅高山过,冬天南移到气候温暖的冲绳过。

身居两地的魅力在于享受不同的环境。昨天还在银座购物,今天就在伊豆家门前给野鹿喂食。城市的方便时髦和乡下的自然清闲两头兼顾。这一生活方式在欧美富裕阶层当中早已得到普遍的认可。据预测,团块世代大量退休的今天,这一方式也将在日本得到推广。为了跟上形势,我们在开发"伊豆热川阳光城希望之丘"时,除建立温泉疗养馆以及带有自家温泉的高龄者公寓以外,还设立医院诊所,全面打造脱旧出新、超凡脱俗的生活方式,为身居两地者提供理性乐园。

身居两地型住宅不同于过去的别墅。别墅是一种偶尔去住几天的感觉,城市生活为本,别墅只是锦上添花。而身居两地型住宅则是两头同样重要,没有轻重之分。有一位在轻井泽希望之丘(约2 000块)盖住宅的业主,他和家人平时住轻井泽,享受种菜、泡温泉的快乐,每个月回东京住处过一周,会会朋友。也许有人会以为这种生活没有相当的经济基础无法实现,其实不然。至少在我们运营的大型分售宅地享受这种生活的业主并不是从事什么特殊职业的人,他们有很多是退休的工薪阶层和学校教师。

身 居 两 地

鱼与熊掌两者兼得!!
身居两地各取长处

1 作为假期度假住宅
2 作为周末度假住宅
3 作为长期定居住宅
4 作为晚年定居住宅

城市 — 平时生活在环境喧嚣的市区

乡下 — 周末尽情享受安逸闲适的自然环境

乐趣倍增?!

■ 蔚蓝的大海和温暖的气候

现在越来越多的人希望退休后住海边，在每天的生活中尽情享受窗外的海景。希望退休后住在气候温暖地带的人也与日俱增。为了满足需要，我们启动了新的开发计划。沿伊势五处湾开发南志摩希望之丘珍珠岛生活区（约 1 780 块），沿太平洋开发白滨希望之丘海边生活区，沿东海开发冲绳山原希望之丘生活区（约 1 800 块）。

大海给人们带来的乐趣与山上及高原有所不同，因此开发方式也有必要因地制宜，做出不同的判断。三重县伊势南志摩有一处取名为"百合花之丘"的高龄者生活乐园，位于里阿斯式海岸的坡上，不管房子盖在什么地方，窗外海景一眼望尽，不存在谁家的高墙挡住谁家的视线这类问题。这里地形复杂起伏不平，再加上斜坡悬崖多，按理说根本不适合盖房子。我们在这里采取的做法是不拘常识，大胆设计，变不利为有利。

陡坡悬崖确实不是什么好条件，关键是如何充分运用眼前海景这一优点将地势上的缺点给盖过去，甚至变缺点为优点。至于安全方面，只要基础打牢就不存在任何问题。不仅如此，地形上的问题反倒可以提供自由的设计空间。我本人也选择了珍珠岛生活区一块悬崖上的宅地，将琵琶湖畔父母居住的那栋圆木生态别墅搬了过来。这栋盖在悬崖上的房子，下面就是大海，远远望去就像半悬在空中似的。

珍珠岛空摄图。把别墅盖在山坡上不仅可以享受山景,还可以享受海景。

当时我父母生活在大阪中心地带的高层公寓,听到我要他们搬过来的时候,两位老人一开始抵触很大。特别是母亲摆出一大堆理由,什么购物不方便、没有朋友、周围什么也没有、太寂寞等等,死活都不愿意。

父母亲辛苦了大半辈子,母亲曾在塞班岛蹲过美军俘虏营,父亲在美军基地干活,含辛茹苦把我们姐弟俩拉扯成人。我打从心里希望他们晚年能够过得安逸闲适,过得健康幸福。我强劝父母搬过来的动机大前提是孝顺父母,当中也略存私心。因为伊势大型生活区的开发是我事业的重要部分,我希望父母能亲眼看到儿子的成就。

半年时间过去后,一天我去看望父母,令我吃惊的是当时说什么也不愿搬过来的母亲竟在这里过得比谁都开心。结交了许多当地朋友,大家相约去赏花,分享刚打上来的鱼,还准备和大家相约去海外旅行。这一切都是以前住城市高层公寓时所无法想象的,当然也是我始料未及的。

■ 乐趣横生的住房

话题还是那栋悬崖上的圆木生态别墅。地形不利反倒起到了预想不到的效果。圆木生态别墅搬过来后,我们加建了一个面海的瞭望台,整个大海尽收眼底。旭日出海、夕阳入海的壮丽景观判若明信片上的风景。白天坐在上面把鱼竿一垂,可以尽享钓鱼的乐趣,而且这些都可以永远独占,不必担忧有一天突然前面盖起房子遮挡自己的视野。另外,一层底下可以用来造露天浴室,造麻将屋,造自家的游艇码头。

我平时满脑子都在想怎么才能让开发区的住房变得更有新意,遇到准备盖房子的业主,我总是不请自到,给人家建议这建议那。下面介绍几位利用陡坡悬崖盖出妙趣横生的住房的业主。

一位家住白滨希望之丘海滨生活区的业主告诉我们:"清晨火红的太阳从远远的水平线爬上来的情景,夕阳缓缓落山的情景都尽收眼底。搬过来后我在阳台上呆的时间要比在屋里的时间都要长。对了,昨天我们家吃烧烤,那些鱼都是业主会员专用的钓鱼船希望号的船长给送来的。"

家住探险半岛·珍珠岛生活区的业主说:"我们在一层地板下建了一个将近十平方米的房间作为娱乐室,同时兼做客房。出嫁在外的女儿经常带着全家来小住几天,喜欢钓鱼的朋友也经常上这里小聚。日子过得好红火。"

另一位住在珍珠岛生活区的业主也同样对这里的生活十分满意,他说:"我们的房子盖在悬崖峭壁上,朋友上家里来都没少受惊。说来也是,房子下面就是大海,车库就更玄了,看上去就是浮在空中。所以第一次上门的客人开口第一句话都是:这房子能住人吗?"

盖在三重县伊势南志摩珍珠岛的海边别墅。眼前的海景一年四季都有不同的景观。

■ 动不完的脑筋,办不完的事

我们开发的生活区都是根据不同地理条件以及业主需求而设计的,可以说一处一个做法。另外,我们的业务范围从南到北,需要有很多新颖且实际的构思。因此我本人大部分精力都花在这上面。

"那片开发地河边搞个细木长椅怎么样?"

"住在城市里遛狗得处处小心,那在别墅地搞个铺木遛狗广场会不会受欢迎?"

不管白天黑夜,我的整个脑子都被这些问题所占满,让我欲罢不能。为购买我们公司临海宅地的业主会员提供的钓鱼船希望号也是在这样的思索中诞生的。2010 年 8 月 16 日,就在这艘船上发生了一个感人的故事。

这天,一对老夫妇领着一个四十来岁、双眼失明的儿子上了这艘钓鱼船,说是希望让自己的儿子体验一次钓鱼的乐趣。知道这个情况后,船长马上准备好鱼饵挂在鱼竿上,送到这个儿子手里。不多久,只见鱼杆微颤几下,鱼上钩了。钓上来一看,还是一条大鱼。老夫妇和儿子高兴得抱在一起,见此情景,船长默默流下了感动的眼泪。

日后船长跟我提起这件事时,我感动不已。这正是当初自己想出要购买钓鱼船的时候希望看到的情景,我再次感受到我们的高龄者生活乐园充满了喜悦，充满着人与人之间的温情。

这样的故事不止一个。伊豆"热川阳光城希望之丘"生活区为了促进居民的健康，增强相互间的交流，建起了一个露天温泉浴池，只要是生活区内的业主都可以随时使用。尽管这里的业主家家户户都有自己的温泉浴室，可很多人还是愿意到大浴池与大家共享快乐。还有一些附近的居民也偷着进来，但从来没有人计较。业主们知道这样虽然有违规定，但可以起到生活区业主与周边居民交流的作用。

过去二十八年我都是这样天天绞尽脑汁不停地想方设法，一有什么好主意就迅速尝试。这期间积累了许多宝贵的实践经验。与此同时，我不断对CCZ开发计划进行改良，现在已基本达到了不出手则已，一旦定锤必可成事的境界。

如今我们开发的高龄者生活乐园虽然规模比不上美国和澳洲，但无论是质量方面、业主的满足度，还是周密的运营制度、体贴入微的管理体制，都走在前头。这些经验我都汇集成《日本型高龄者生活乐园》一书对外公开。现在南纪白滨希望之丘、伊豆网代南热海之丘、冲绳今归仁阳光城希望之丘以及飞驒高山希望之丘等地的开发工作都在快马加鞭地进行着。

一开始只是希望让荒废的宅地重新获得生机，没想到一路走来竟结出了硕果，开发成功了适合高龄者生活的环境体系。这是自己三十年如一日奋斗的结果，更关键的是我身后有各地自治管理委员会会员们的支持、批评和鼓励。没有他们，我不可能有今天。

第四章

冲绳，我生命的摇篮

第一节 建设高龄者乐园,回报故乡

■ 深藏已久的心愿

我出生于日本冲绳县浦添村(现在升为市),五岁就离开故乡。幼时的记忆虽不多,但却十分清晰地印刻在我心灵深处,无时无刻不伴随着我,有时甚至占满我的内心。这是一种很特殊的感情,可以说是发自灵魂深处的一种情怀。不管是上学的时候,还是以后走上社会,每当听到冲绳这两个字,我都会本能地竖起耳朵听下去;看到电视、报纸提到有关冲绳的消息,我都无法充耳不闻。只要跟冲绳挂上钩的,不管事大事小,我都无法采取置身事外的态度,这应该算是我的冲绳情结吧。这一情结在成家立业的现在,仍然始终伴随着我。

夏季是全国高中棒球联赛的开赛季节。每年到了赛季,我最关心的还是冲绳派出哪支代表队出场,比赛是赢是输;看到冲绳这几年观光客人增加的报道,我兴高采烈,像是自己得了什么奖似的;看到有关美军基地的报道,我义愤填膺,怒火中烧。

今天是 2010 年 8 月 21 日,我一边校对本书的印刷稿,一边关注着冲绳县代表兴南高中的比赛结果,当看到兴南高中获得全国冠军的瞬间,我抑制不住内心的兴奋。记得五十二年前,为纪念甲子园高中棒球联赛开办四十周年,比赛委员会特意邀请了当时还处于美军统治下的冲绳代表队参赛。当时被选上的是首里高中,所有的冲绳县民都激动万分,因为这支代表队寄托着他们摆脱美军统治的强烈愿望。

可惜当时冲绳队的实力与内地球队相差悬殊,首里高中首战就以○比三出局。比赛结束后,首里高中的队员们流着泪水,用手抓起甲子园球场的沙土装进袋子,准备带回冲绳。看到这一情景,满场的观众情不自禁地为他们掉下了眼泪。

队员们乘坐的轮船顺利到达冲绳,上岸接受海关检查的时候,意料之外的问题发生了。队员们带回的沙土被检疫官统统没收扔进大海。理由是冲绳属于美国领土,美国海关明文规定所有境外带入的沙土统统不准过关。

消息传开,所有的岛民以及内地的人们无不愤怒叹息。日本航空公司的空中小姐近藤充子更是打内心为队员们抱不平,后来她打听到沙土不能通关,但石块可以,于是特意准备了一个桐木盒子,装上甲子园的小石块,亲手送到首里高中队员们的手里。

有过这么一段历史的冲绳高中棒球苦战五十二年,今天终于拿下了全国冠军的锦旗,不难想象冲绳县民会是何等的激动。今晚岛内到处一定可以看到兴奋的人们高举酒杯庆祝胜利。想到这里,我巴不得马上飞回冲绳和大家分享胜利的美酒。

今年最后决赛的后半场比赛中，球场内播放了冲绳民谣《HIYAMIKATIBUSI》。HIYAMIKATIBUSI 是冲绳方言，意思是号召人们站起来。这首今年夏季刚发表的棒球队声援歌原来是一首冲绳老歌，这次经修改歌词作为冲绳高中棒球代表队队歌使用。原来的歌词是美军占领时期一位岛民创作的，它唱出了冲绳人民希望早日摆脱美军占领的心声。原来的歌词是这样的："宝岛冲绳是祖先留下的土地，大家团结一心勇敢地站起来。"

比赛中，兴南高中的队员们不负众望，表现出了勇敢顽强的作风，这回他们拿走的不再是甲子园的沙土，而是冠军锦旗。为这次夺冠立下汗马功劳的岛袋洋奖投手的祖父母就住在我们公司开发的今归仁希望之丘（约 1 800 块），我心想：这时候所有生活区的居民一定都沉浸在一片喜庆气氛中。

上面这些内容是我在校稿时按捺不住内心的激动临时加写进去的，下面还是话归原处。

我有时怀疑自己的血液里是不是比任何人都强烈地继承了琉球王国时代遗传下来的冲绳岛民基因。这一没有根据的念头每次从大脑闪过，都会给我带来一种自豪感。不管在什么人面前，我都会挺直腰板说：我的根在冲绳。

冲绳人的秉性当中最值得骄傲的是讲义气、助人为乐。为了如此善良的人们晚年能过上健康幸福的生活，我觉得自己有义务尽犬马之劳。

在全国各地展开高龄者生活乐园开发工作投入了我多年的心血,随着事业的不断扩大,我发现自己工作中虽然不是没有考虑战略策略,但个人情怀所占的比率还是很大的,特别是对于冲绳。

冲绳县是有名的长寿岛,得天独厚的自然环境为这里的人们造就了健康生活的重要基础。在冲绳开发可以令日本全国、全世界感到自豪的高龄者生活区是我酝酿已久的一项计划,随着时间的推移,这个梦想在我的心中越发变得急不可待。

问题是土地。冲绳由大小岛屿组成,土地资源有限,因此要找到合适的土地有一定的困难。尽管我为此费尽心机,可结果还是不尽如人意。俗话说:踏破铁鞋无觅处,得来全不费功夫。一天,我所要找的土地自己送上门来了,而且以后的进展也顺利得出奇。

日历翻到1972年,当时田中角荣首相的《日本列岛改造论》发表后,土地涨价现象在全国各地兴起。当时一家本土不动产公司在冲绳买下30万坪的土地,开发为度假别墅宅地出售。但是这期间由于地价飞腾导致通货膨胀,紧接着石油危机爆发,更使市场经济雪上加霜。土地神话宣告崩溃后,这家公司倒闭,别墅宅地也跟着进入休眠。

后来我的一位朋友,也就是冲绳当地有名的建筑商国场组会长国场幸一郎买下了这片土地,准备修建高尔夫球场,后来由于种种原因不得不中途放弃原定计划。2006年株式会社冲绳香格里拉公司买下了其中的16万坪土地。

冲绳香格里拉公司在当地是一家享有盛名的建筑商,属于屋部土建集团旗下的公司，以海上土木施工为强项，当地一些主要海港设施的建设工程都由这家公司承包。他们买下土地后，敷设自来水管道，清除杂木杂草，平整土地，修通道路，对荒废多年的土地进行了全面的改造，还建造了高尔夫球公园等娱乐设施。同时积极通过因特网做宣传，希望招徕岛外的购买者，可是没有成功。

全管连集团很早就开始在冲绳寻找发展机会。1990 年 11 月买下了今归仁沿东海一面的 3 000 坪土地准备建度假酒店，拿下了靠山一面的 4 万坪准备造圆木生态别墅村。1994 年参与屋部土建集团的度假酒店"YUGAF INN 备濑"的分块所有权划定及销售工作。

2002 年全管连集团销售提携公司"诺西亚斯理想都"着手销售"冲绳新城希望之丘Ⅰ"总开发面积为 34 万 5 400 平方米的分块宅地。仅一年时间，163 块宅地便一售而空。可惜邻接的宅地无法搞到手，销售工作只能告停。大型分块销售宅地"恩纳村新城希望之丘"的开发工作中，全管连集团拥有道路和管理事务所等公益设施，为维持宅地的正常机能做出了努力，并从中摸索设立膳宿公寓等商业设施的可能性。

2010 年 2 月，全管连集团正式与屋部土建集团结成合作关系，携手开发运营新型养老院及高龄者护理设施。我们的经验和屋部土建集团在当地的业绩终于结合到了一起，为进一步完善高龄者的居住环境共同迈进。

冲绳县新城希望之丘。这里的分售地上盖有很多别墅,有的人自己住,有的人出租。

　　冲绳最大规模的分售宅地 YANBARU HOPE HILLS"今归仁阳光城希望之丘Ⅱ"约分为 1 800 块宅地,规模之大在冲绳可以说是空前绝后。这是因为开发批文是 1966 年申请到手的,当时按旧法令审批,以后新法令颁布后就不可能了。这块宅地对我来说简直就是奇迹,这下子我梦寐以求的高龄者生活乐园有了立足之地。

　　这一奇迹是怎么出现的,以后又为什么进展那么顺利呢? 这一切都起始于和屋部土建集团前田祐继会长的一次见面。

　　我一直对屋部土建集团的动向很关注,知道他们在冲绳地区的港湾土建方面独占鳌头。前田会长的大名更是早有所闻,我知道这位深藏若虚的长者在当地被称为冲绳的智囊。他始终以相互扶持为己任,积极将冲绳的艺术、饮食、保健、长寿的秘诀、人们的价值等传统文化观融入住宅建设,为传统文化的传承做出了贡献,因此深受人们的尊敬。可惜我一直没有机会拜见,后来一次偶然的机会,我有幸与会长长谈了一次。会长对事业的热情、对未来的构想都令我敬佩不已。席间我滔滔不绝地大谈自己开发高龄者生活乐园的构想,会长不厌其烦地听着,时不时还发出兴奋的感叹。这次交谈奠定了我们以后合作的基础。

　　十六年后的 2010 年 3 月 22 日,我与会长在屋部土建集团直营的冲绳美丽之海水族宫前的 MAHAYITI 酒店重逢,两人再次相约共同开发高龄者生活乐园。我相信人与人之间能够相遇相知是偶然也是必然，人海茫茫，冥冥之中自有一种像是缘分的东西，自从我启动冲绳开发计划以来，能够顺利渡过重重难关，在很大程度上靠的就是这种缘分的力量。

第二节　镌刻心底的故土记忆

■ 童年往事

冲绳是令我一生情牵魂系的故土，前面介绍过，事实上我只在这里生活到五岁，我自己也说不清楚为什么会如此让我难舍难离。这里我想介绍一些孩提时的记忆以及我对冲绳的情怀，对这片故土未来的展望。

五岁那年，我们举家离开冲绳。这次离去对我们家人是一场痛苦的选择。这年在美军基地工作的父亲失业，母亲也几乎没有工作。就在一家最困难的时候，1965 年 4 月一场大火烧毁了我们家的房子，夺走了仅有的那点儿财产，也夺走了一家人在冲绳县中头郡浦添村的小小幸福。那年姐姐六岁，我四岁。

最初是父亲一个人先离开的。临行前父亲摸着我和姐姐的头，深深叹了一口气说："等爸爸找到工作了就接你们过去，在家好好听妈妈的话，不要调皮。"说完便推开家门，走出这间不经风不挡雨的破屋。

父亲有个哥哥当时住在神户,父亲单身离去就是想先上哥哥那里,请他帮忙想想办法。这天清晨父亲离家而去的情形,在我幼小的心灵里留下了永生难忘的记忆。至今我仍清楚地记得临别时父亲眼角上挂着一丝泪水,第一次看到父亲流泪的我害怕地躲到了姐姐的身后。一家人站在门前目送父亲,直到他那沉重的脚步、疲惫的身躯孤独地消失在路的一方。当时我还是不懂世事的小孩,可是我知道这天对我的人生会是最重要的一天。

二战结束后长达三十年期间,冲绳一直处于美军的统治之下。当地没有产业,唯一的财源收入就是美军在当地消费的美元。交通规则也是采用美国方式,街上汽车靠右侧行驶。我还记得小时候常常手握一美分硬币去商店买糖吃。

战后日本经济取得奇迹性的发展,成为经济大国后,冲绳也开始摸索摆脱对美军的依赖,走自己的发展道路。这时期日元不断升值,相反美元的势力日渐下降。美军基地的外包工作也开始减少。这一形势直接威胁父亲的工作,威胁我们一家的生计。原先我们家的生活在当地算是中等水平,工作一少,家计也就不像以前了,再加上那场火灾,迫使一家不得不选择离开,另找新天地。

父亲离家后,每当神户有来信,母亲总要念给我们姐弟听。父亲信中的这几句话给我的印象最深:"这里和冲绳差不多,街上都是外国人","外国轮船进进出出,很有都市气派","工作找到了,再过一段时间就可以把你们接过来了"。让我高兴的是听到父亲信中的最后一句话"问小健好"。

神户的伯父对两手空空的父亲极尽兄弟之情,帮他找工作,还为他准备了全套家用品,好让他早日把我们接过去。

这年刚开年的一天,父亲又来信了。母亲脸上露出了久违的笑容。我和姐姐一开始不知道怎么回事,一会儿从母亲的口中说出了重大的消息:"爸爸来信说神户那里的住处和工作都有着落了,让我们搬过去,以后一家人不再分开了。"记得那天母亲将我抱在怀里,把那封信反复读了好几遍。

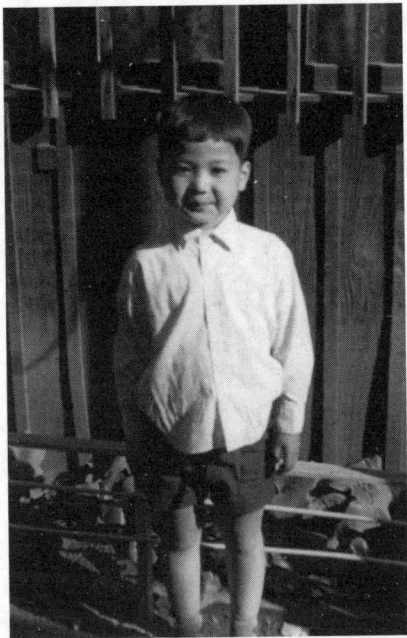

一星期后,一家人坐船离开冲绳。我们坐的是舱底没有座位的、自己找张草席铺在地上躺下的那种船。一家人就这么在海上颠簸了四天三夜,好不容易才到了神户港。

轮船启动的汽笛鸣响时,我们母子三人站在甲板上茫然看着自己生活过的小岛。望着渐渐退去的岛影,我不禁问身边的母亲:"以后我们不回来了吗?"母亲握着我的小手说:"怎么会呢。这里是你的故乡,想什么时候回来就什么时候回来。""那我还能见到理查德和小勇,是吗?""会的,别担心,孩子。"这时,我猛一抬头看见眼泪顺着母亲的脸颊不停地往下淌。

母亲的心中一定充满着背井离乡的痛苦以及对陌生环境的不安,年幼的我当然无法理解母亲的苦衷,但她脸上的泪珠一滴滴都滴到了我的心灵。

■ 顶梁支柱的父亲

我生于 1961 年 2 月 21 日,刚生下时体重有 4 000 磅,第二年参加冲绳县健康婴儿比赛获得冠军。长大后听母亲说生我的时候是顺产,这是我为母亲做的第一件好事。

父亲在美军基地当园丁,自己还干起帮人洗衣服的副业。基地内有洗衣店,可是洗得很随便,口碑很差。父亲知道后自告奋勇,找了几位关系较好的士兵让他们把衣服交给自己洗,并保证一定洗得比洗衣店好。从此以后,父亲每天下班都带着一大堆脏衣服回家,晚上和母亲两个人一件件地用手刷洗。当时洗衣机质量还很差,用手洗虽然辛苦了一点儿,但不仅洗得干净,还不伤布料。上野手洗店又便宜又干净的风声在士兵中传开,客人越来越多。不用多久,洗衣服得来的收入竟有 50 美元,换算成现在的货币相当于 20 万日元,这在当时可是一笔不小的数字。再说,不需要设备投资,只要一个水盆,一块洗衣板就够,肥皂也不用买,基地内多得是,带几块回家就够用了。我们家就靠着这笔收入在冲绳买下了一座带院子的老房子。院子很大,种有好几棵香蕉树,还有一个大池塘。记得小时候我很喜欢在池塘里抓蝌蚪、青蛙。后来听大人说,池塘是美军 B29 轰炸机投下的炸弹炸出的坑。

父亲有一位美国朋友,也是我们家的大恩人,这人名叫罗斯·斯特赖库兰德斯。他是美国科罗拉多州丹佛出生的陆军中士,二战前在美国一家橡胶公司上班。斯特赖库兰德斯先生生前曾为冲绳县民、为父亲的出生地鹿儿岛的人们、为奄美诸岛的冲永良部岛出生的人们伸出过援助之手,至今当地人对他还念念不忘。

我一岁的时候,一个在基地工作的老人突然患脑溢血,半身不遂。老人的故乡在冲永良部岛,在冲绳无依无靠,老人病倒后一再要求把自己送回故乡。当时冲绳属于美军占领,凡是从冲绳出去就等于是出国,而办理出国手续又十分困难。再一个问题是老人身上没有旅费。父亲和几位同事四处想办法,还是一筹莫展。知道老人的窘境后,斯特赖库兰德斯先生立刻和夫人找战友一起出面说服军方派直升飞机把老人送回故乡。踏上故土的老人感激涕零,久久说不出话来。

这条消息连同斯特赖库兰德斯先生的照片登上《琉球新闻》(1962 年 4 月 5 日)后感动了所有的岛民,父亲至今仍保存着这天的报纸。

斯特赖库兰德斯家与我们家有过一段来往。他们夫妇有两个男孩,大的叫麦琪,小的叫理查德。小时候父亲经常领着我和姐姐上他们家和两个孩子一起玩。我和姐姐都不会说英语,当时是怎么沟通的,现在想起来都觉得奇怪。有一天,斯特赖库兰德斯夫妇邀请我们全家共进午餐。父亲拿起筷子准备夹炸鸡肉的时候,斯特赖库兰德斯先生突然脸唰的拉了下来,吓得我赶紧把伸出去的筷子缩了回来。只见斯特赖库兰德斯先生和父亲两言三语后,父亲突然破愁为笑,两人握手拥抱。然后父亲用手抓起桌上的炸鸡肉吃了起来,边吃还边让我们跟他一样用手抓着吃。

当时在日本没有用手抓食的习惯,父亲知道美国人吃炸鸡肉可以用手抓着吃,只是为了对上级表示敬意而拿筷子夹。斯特赖库兰德斯先生之所以生气,正是因为他觉得我父亲这样做太见外,没把自己当朋友看。我和姐姐不懂英语,可是看着这一连串的情景,两个人的表情变化,多少能猜出几分。现在经过人生的磨炼,我对斯特赖库兰德斯先生的一片真心更加感觉可贵。每次想起这一情景,我都会感觉一股暖流涌上心头。

我们一家搬往神户后不久,斯特赖库兰德斯先生一家也迁回了美国,一开始两家还一直保持联系,好几次斯特赖库兰德斯先生还专程到神户我们那间简陋的住屋看望我们。可惜我们家搬到郊外后断绝了音信,但斯特赖库兰德斯先生的恩情我们全家一天也没有忘记过。

■ 顶天立地的伯父

父亲在神户能够顺利找到落脚地,靠的全是伯父的帮助。父亲在四兄弟中排行最小,长兄生下来后不久就病死,姐姐也没活过十五岁就死于肺结核。排行老三的伯父却是健康过人,精力旺盛,不喜欢用功,但成绩始终名列前茅,而且运动能力很强,上学时体操、田径、相扑样样行,跟人打架从来就没输过。父母常说,我跟伯父不管是性格,还是好胜心、为人处事都很相像。特别是不拘一格的思维方式,越是困难越来劲的倔脾气,简直就像一个模子刻出来的。

小时候听大人说,二战刚结束不久,伯父有一天突然对着家人郑重其事地宣布,说自己要开家理发馆。当时伯父居住的冲永良部岛没有理发馆,岛上的人理发需要坐船渡海到其他海岛,嫌麻烦的人干脆就在家里自己剪。伯父觉得岛上应该有家理发馆,然而没有营业执照又开不了。一急之下伯父干脆直接找政府要求破个例,特殊情况特殊处理。

伯父一没资格,二没资金,三没关系,当然理容业工会不会白白给开这个先例。日子一天一天过去,一点儿回音也没有。周围的人都觉得这事没戏了,只有伯父一个人硬是不死心。不久经过死磨硬泡,伯父终于拿到了营业执照。

理发馆开业后,岛上的人们理发就方便了。可伯父却不满足于现状,他觉得自己应该干点儿更有意义的工作。于是把理发馆盘给别人,自己到冲绳美军基地工作。当时美军基地工资比日本公司高出很多,但大家都搞不清楚伯父到底是看中这份工资,还是对蓝眼睛大鼻子的老外感兴趣。

伯父当时这么决定并不是他有关系可以把自己弄进基地工作,他采取的办法就是非法侵入。他知道只要能混进去就不愁找不到工作。当时美军基地比现在规模大好几倍,基地内各种商店、各种服务应有尽有,简直就是一座城市。里面有很多日籍职员以及日裔美籍士兵进进出出,多混进一两个人根本就不会被发现。

伯父当时趁着夜深人静混进去后马上找到了一份工作。但毕竟是非法混进来的,没有身份证,不久就被警备人员发现,用警棒狠狠毒打了一顿。但是警备人员并没有把这个非法分子拽出基地,而想趁机敲诈,克扣他的工资。生性不吃硬的伯父坚决不肯答应,结果又是一顿毒打,全身鲜血淋淋。最后对方看到伯父软硬不吃,只好罢手。

幸好基地内一位在这里工作很久的好心人出面帮助,伯父总算留了下来。但是伯父对警备人员的毒打一直怀恨在心,他不想就这么便宜这帮人。可他并不冒失,想寻找一个既不影响自己留下来工作又可以报仇的机会。

基地的生活慢慢适应后,伯父不想再给别人打工了,他想自己干点儿什么。最初想到的是为基地内的酒馆办助兴活动挣钱。最初是在酒馆中央设一个相扑台让日本人比赛相扑,再让滑稽力士上台表演余兴节目,果然很受欢迎,酒馆每天都座无虚席。

有一天,伯父突然把相扑台换成了拳击台,举办拳击表演比赛。以前只是日本人参加,这下子把美国兵也用上了。因为伯父听说以前毒打过他的那位警备员是基地内有名的拳击迷,伯父就是想利用拳击台来个正正当当的报复。对手虽是业余拳击手,但属于重量级,而伯父身高一米六二,体重六十公斤,怎么看都不是人家的对手。周围的人知道后都劝他别找死,可伯父不仅不听,还扬言:“就算老子死了,也要拉他垫背。”

决战的日子到了,两个冤家登上拳击台。第一回合对手的重拳像雨点般地向伯父袭来,从小打架打惯了的伯父抱紧头部,硬是招架住了。剩下最后四十秒的时候,对方已经用尽气力,伯父看准对手防守松懈的一瞬间,拿出全身力量猛地击出右拳。这一拳着着实实命中了对手的下巴,下一个瞬间一头巨象轰然倒下。意料之外的结果顿时令全场鸦雀无声,然而就在下一个瞬间,在场的观众爆发出了震耳欲聋的欢呼声。

我觉得伯父的胜利绝不是运气,应该说是一种奇迹,是他不屈不挠、挑战不息的精神和沉着冷静的作风为自己创出的奇迹。

从此以后,基地内的人都对伯父另眼相看,称他为小巨人。美国人在实力面前是比较公道的,即使对手是个矮小的穷小子,即使你不是美国人,只要你有实力,他们就服你,认你作朋友。以后伯父凭着自己在基地内的关系，前后帮助几十名家乡人在基地内找到了工作。我父亲能在基地当园丁，也是靠着伯父的关系。

三十岁的时候，伯父离开基地，在那霸市内开了一家理发馆。没想到七年后他又心血来潮，想到本土闯闯，于是来到了神户。一惯自由奔放的伯父在神户落下脚后，开了一家理发馆，不久又在三宫开了一家生活废品再利用商店和一家卖古玩的商店。后来他离开神户去了东京，在那里做起了新的买卖。

■ 青春逆反期

当年刚到神户投靠伯父不久，我们家又遇到了不幸。父亲在码头操作起动机装卸货物时负了重伤，腿部严重骨折。虽然公司方面给了一点儿补偿金，但从此以后父亲就不能像过去那样工作了。一家的支柱遭遇意外，使得我们家的收入减少了一半，母亲只好到高架铁路下的一家天线工厂干活。

日子越过越难，幸好母亲会持家，全家四口人才勉强地活了下来。母亲的工厂经常加班，回家还得照顾孩子，做饭忙家务，可她总是默默地忍受着生活的重负，从来没听她抱怨过一句。

父母亲关系很好，从来没见过他们吵架，真可称得上举案齐眉的一对。对我们两个孩子该疼时疼，该管时管。我和姐姐做错了什么事，父母从不放过，严重的话关进壁柜，操起家里给人缝衣服用的竹尺就打，而且是双打。连打孩子的时候夫妻俩也是配合默契。

小时候我觉得和别人家比,自己的父亲很了不起,不喝酒,不赌博,不在外面乱搞女人,天天只知道埋头工作。可有时我也纳闷,那么拼命干活,怎么生活还是好不起来呢?为人朴实的父母没少受过别人的欺骗,什么苦都吃过,什么累都受过,生活对他们实在是太不公平了。尽管如此,他们还是活得很乐观,从不抱怨生活。

父母曾告诉过我,他们的青春期都是在二战期间和战后度过的,对于他们来说管好肚子已经够不容易了,哪有心思去考虑什么理想,什么人生目标。"平凡最好,只要一家四口人好好的就知足了。"每次父亲说出这句常挂在嘴边的话,母亲总在一旁不住地点头。

父亲说得有道理,没有理想是时代造成的。然而面对老实巴交、没有一点儿社会地位的父母,面对只顾三顿饭的父母,少年时代的我还是不能接受。我告诉自己:这个社会老实人就该倒霉。长大后我绝不愿像父母那样生活。父母没有梦想,那我就来个比谁都大的梦想,父母无欲无求,我偏偏就要野心勃勃。从高中第一个学期结束起,我和父母之间就没有什么话可说了。不久我基本上就很少回家,天天在外面混,就差离家出走了。

父亲和母亲都是寡言少语的人,有关他们的出生、青春年华以及他们走过的人生道路,都是我成家有了孩子以后才从他们的嘴中问出来的。知道了父母亲的过去,我更加尊敬他们,觉得可以从他们身上学到很多东西,我后悔自己当时不该让他们担心。了解父母的过去也是了解自己的根,我觉得一个人的根可以说是一份无形的财产。我愿意珍惜这份财产,好好报答父母的养育之恩。

第三节 不忘前辈做出的牺牲

■ 重识父母走过的路

我父亲上野植英,1933 年 8 月 12 日出生于距离冲绳不远的鹿儿岛县奄美诸岛中的冲永良部岛。六岁得脑膜炎,由于岛上医疗条件差,当时医生都发出了病危通知。可能是父亲命大,这一坎最后还是让他蹚了过去。听亲戚说,父亲从小就富有责任心和正义感,处处起模范带头作用。上小学的时候,邻居家发生火灾,结果把父亲家也给烧毁了一部分。第二天植英少年就自告奋勇加入了街道巡夜队,天天晚上跟着大人巡逻,提醒大家注意防火。

植英少年的行动受到了街坊邻居的称赞,街道巡夜队还发奖状表扬他。在学校,植英少年也积极参加各种活动,多次获奖。多愁善感的少年时代结束后,植英青年离开冲永良部岛到了冲绳,1957 年冬天,他在这里迎来了人生的一大转机——找到了终身伴侣。

母亲宫城和枝生于塞班岛,那是因为冲绳县北部出生的外公外婆早年移居那里,在那里生下了她。当时日本经历甲午和日俄两次战争,以连战连胜的战果震惊全世界,第一次世界大战更使日本登上了战胜国的地位。第一次世界大战后欧美列强收起伸到亚洲的魔爪,把战线拉向全欧洲,致使欧洲各地出现物资紧缺。这给日本带来了一次扩大出口的绝好机会,这期间面向欧洲的出口物资大增,国力不断富强,不久开始把势力扩大到亚洲各地。

当时冲绳及奄美诸岛等南方列岛土地贫瘠,收获量有限,生活十分困难。政府鼓励岛民移居塞班岛、关岛、夏威夷、巴西,母亲一家选择了塞班。就像早年西洋人开发美洲大陆那样,日本移民个个心怀美梦,带着开拓精神,勇敢地踏上了异土他乡。今天从冲绳人身上还能看到很好的国际意识和开朗豁达的性格,这也许就是传承了先辈们的精神。

母亲一家到了塞班,开荒造地办起了自己的咖啡园。这期间经受的波折、吃的苦一言难尽。不过在一家人的辛勤耕作下,日子一天比一天好了起来。在严格的外公和慈祥勤劳的外婆悉心哺育下,母亲在这里茁壮成长。

太平洋战争接近尾声的时候,战火开始逼近塞班岛,战争的阴影浓浓地笼罩着岛上的每个人。不久,1 100架战斗机打响了空袭战,战舰射出的1万枚炮弹落到岛上。1944年6月15日美军开始登陆,岛上日本驻军无力招架,后援的联合舰队又不见影子,岛上的日本居民拖家带口避难到东岸。这年母亲才十二岁,跟着家人把家里能带的带上,能背的背上,一路直奔东岸。

很快带来的东西都吃尽用绝,最困难的是没有水。塞班岛本来河就不多,供水站又控制在美军手里,孩子吵着要水喝,大人只好拿甘蔗绞汁让他们解渴。

塞班岛对日军是一个不能失守的重要据点,驻军和日本居民都相信联合舰队一定不会撇下他们不管。然而现实是日军大势已去,丧失了战斗能力,根本就顾不上塞班岛。当时岛上有 3 万驻军和 2 万日本移民,这 5 万同胞就这样被祖国遗弃。

美军登陆后见日军一律格杀勿论,这就是所谓的扫荡挺进战。美军过去对敌军一贯采取缴械者不杀,然而在过去的作战中,他们发现日军缴械都是假的,随时都有可能从背后攻击过来。这次他们吸取了教训。美军挺进速度一小时 30~40 米,只要发现有人影便枪炮齐上,牺牲者不仅是日军士兵,普通市民也在劫难逃。一时间整个岛上横尸累累,腥臭味熏天。1944 年 7 月 9 日塞班岛全面沦陷,5 万日本人死了 4 万。其中 3 万日军全部阵亡,2 万日本移民中有半数死亡。

对我来说,这段历史只是课本上的知识,可对于母亲他们这是地狱般的真实经历。小时候,每当母亲提起这段往事,在一旁听着的我都感同身受,有一种和母亲一起到处逃窜的无助感觉。

母亲六岁进塞班岛美军俘虏营,以后被遣送回冲绳。听母亲说,一开战就没有学上了,老人小孩都属于全民皆兵的对象,备战,挖防空战壕,每天的生活都围着战争转。美军 B29 轰炸机随时都有可能投下炸弹,美军随时都有可能登陆,死亡的阴影时刻笼罩着。当时不到十二岁的母亲心里该有多么的恐惧,这对于没有经历过战争的人也许无法理解,但你可以想象一下,要是你的妻子、孩子,你的父母,你的朋友遭受如此断绝人伦的悲惨场面,你会怎么想呢?你的胸腔一定会为充塞着的悲愤之情所炸裂,以至于几十年过后伤口仍无法愈合。

现在我已是为人之父,每次想起父母在战争中的遭遇,我都会感到他们太不容易了,太伟大了。自己吃了那么多苦,也不丧失对生活的信心,把父爱母爱无私地倾注在我们孩子身上。

■ 冲绳县民如此英勇献身

我生于二战后,但从小听父母讲战争时的事,所以对太平洋战争一直抱有特别的兴趣。尤其是有关塞班岛战役、冲绳岛战役的事,哪怕再小都不放过。现在上书店一看到这方面的历史书或体验记,还是无法不拿起来看看。一次我读到二战时一位年轻妈妈抱着婴儿,嘴喊万岁从陡峭的悬崖上跳海自尽的故事,禁不住泪水直流。

冲绳岛战役也同样绝尽凄惨。电影《山丹之塔》就是一部描写冲绳岛战役的名作。影片描写太平洋战争末期 219 名冲绳女生作为从军护士应征,在战争的最前线护理伤病员的动人故事。影片通过她们的双眼向观众再现了当时那幅惨不忍睹的地狱画卷。到处是累累的尸体,到处是断手断腿的伤病员,到处是伤口溃烂不堪的战士。不久日军节节败退,少女们和伤病员被逼到了南端的山洞,可是美军还是没有放过他们,一颗颗瓦斯炸弹往洞里投了进来,将少女们活活地烧死在洞内。幸运逃出洞口的也都倒在美军的机关枪底下,全身布满蜂窝般的弹痕。

根据冲绳县生活福利部援护科 1967 年的统计,死于冲绳战役的日本人达 18 万 8 136 人,其中冲绳出生者占大多数,达 12 万 2 228 人,民间人士为 9 万 4 000 人。这个统计数字令我十分震惊。我一直以为当时是全日本举国上下合力守卫国土,可事实告诉我,是冲绳人为保护自己的家园,保护父老子孙在作出牺牲。想到这里我禁不住满腔怒火。军人战死在战场上,这也许是不得已的,然而凭什么要民间人士付出这么大的牺牲呢? 凭什么冲绳人就该这么倒霉呢?

现在冲绳还有美军基地,每次触及这个问题,我的心情都会很不平静,都会想起这么一句话:"冲绳县民如此英勇献身,希望后世给予特别的关照。"这是冲绳岛战役末期日军溃败大局已定的时候,海军代表、冲绳根据地部队总司令官大田实少将自绝前一天发给本土海军副部长的电文中最后一段话,全文如下:

"自从敌军进攻冲绳本岛以来,军方几乎无力保护县民。尽管如此,当地所有的青壮年都积极应征保卫国土。剩下的老人、孩子和女性在如此悲惨的情况下也配合军方,毫无怨言地呆在狭窄的防空壕里。年轻女性还挺身当起军方的护士兵和炊事员,还有的帮助军方运送炮弹,甚至还有人报名参加挺身冲锋队。陆海军驻扎冲绳以来,始终强迫当地县民奉献劳力,强制他们节约物质。这一切他们都唯命是从,不忘作为一名日本人的义务。……(此处无法解读)事到如今,我已无法报偿他们了。随着战斗的结束,冲绳岛将与这场战争同归于尽,寸草不留。岛上剩下的粮食最多只够挺到六月底。冲绳县民如此英勇献身,希望后世给予特别的关照。"(根据现代文版翻译)

读过这段电文的日本人没有不为之感动的。但是战争结束六十多年,日本也列入先进国家的行列了,可是对于冲绳县民,日本政府又做过什么"特别的关照"呢？大田少将的遗志又会有谁来继承呢？

第四节　充满苦难的冲绳历史

■ 为什么受难的总是冲绳？

很奇怪,一提到冲绳问题,我就不管不顾谁也不让。上一节谈我父母的经历不知不觉就扯到了冲绳岛战役的悲壮,扯到了大田实的电文。既然已经跑题了,干脆再接着简单回顾一下冲绳的历史以及冲绳最早与日本搭上关系的历史,好让年轻一代对过去有所认识。

　　早在日本明治维新时期,冲绳称琉球国,历史上一直作为中国、日本以及东南亚各国的贸易中转站而兴盛繁荣。丰臣秀吉统一日本后,萨摩藩(今天的鹿儿岛县)的岛津氏希望与明朝通商,强迫琉球王国承认他的特权。然而,与明朝之间有着藩属关系的琉球王国始终抵抗,他们认为接受要求就等于是屈服对方。

　　进入江户时代后德川幕府也提出同样的要求。即希望与明朝通商,要求琉球王国配合,可是同样遭到了拒绝。于是德川幕府便以此为借口同意萨摩藩武力侵占琉球。1609 年 3 月 4 日,萨摩藩岛津军三千士兵乘军舰进攻德之岛、冲永良部岛,3 月 26 日登陆冲绳本岛北部的云天港,攻下今归仁城,直逼首里城。为了保住王国,琉球王国忍辱向萨摩藩提出媾和。

　　制压琉球后,幕府授予萨摩藩琉球的统治权,全面支配琉球的贸易。琉球王国表面上还是独立王国,可实际上处处受到萨摩藩的掌控。这种双重结构的体制维系了整整二百六十年之久。1872年明治政府发布强制命令废除琉球王国,改设琉球藩。1879 年又废除琉球藩,改设冲绳县。从这一天起,琉球与中国的关系彻底断裂,被划入日本版图。从琉球藩的设置到废藩置县这一连串的推移,历史上称"冲绳处分",这是日本有计划地将琉球国归入自己版图的过程。

冲绳县今归仁阳光城希望之丘。依山傍海的立地环境为别墅提供了绝佳的
条件。

六十二年后,太平洋战争拉开序幕,日本把冲绳作为保护本土的挡箭牌,面对美军五万士兵,冲绳人坚持抵抗到最后一秒。就像大田实少将电文中描写的那样,全岛沦为焦土,寸草不留,其惨状非笔墨所能形容。

二战结束后,美国强行把冲绳县从日本手中接管过去,作为独立国家置于自己的军政统治之下。朝鲜战争爆发后,美国把冲绳作为前沿基地不断扩大规模,增派驻兵。二战结束后的第七年,即1952年,败战国日本签署旧金山和平条约得到独立,日本的主权得到承认,但冲绳还是继续为美国所占领,并设立琉球政府置于军政管理之下,把冲绳变为美军在亚洲的重要军事基地。1965年越南战争爆发,美国直接参战后,美军轰炸机便开始从冲绳起飞奔赴战场。

冲绳重新归属日本是在1972年,也是日本败战后二十七年。回归本土并不是冲绳人的众望所归,现在还有一些人主张冲绳独立论。冲绳在本土防卫战斗中被作为堡垒,为此付出了巨大的牺牲。日本独立后,二十年间被作为美国殖民地继续作出牺牲。如今三十八年的时间过去了,可是美军基地还在冲绳,普天间基地的迁移问题重重地压在冲绳人身上。

上面我对冲绳近代所走过的艰难历程略做了简单回顾。我本人曾在冲绳生活过五年,父亲出生在日本领土鹿儿岛,母亲出生在美属塞班岛。而我呢?又是生于美国殖民地冲绳,那我该不该算是混血儿呢？这个问题恐怕谁都搞不清。

记得我第一次到商店买糖果，拿的是母亲给我的一美分。小时候生活中使用的货币都是美元，我从来就没见过日币。汽车靠右边行驶，大人小孩口中说的是只言片语的散装英语。美军占领下的冲绳完全就是美国的一部分。这一切对于年幼的我就是再正常不过的了，可是对父亲、对伯父他们来讲，心情想必是复杂的。

每次听到我提起自己孩提时的事情，本土人的反应总是千篇一律，一副十分惊讶的表情，一副无法理解的神态。甚至有人反问我："怎么冲绳可以用美元呢？"每次遇到这种情况，我都有一种发自内心的冲动，我觉得自己有义务让更多的冲绳岛民以及内地的年轻人了解冲绳的过去，理解冲绳问题的根源。

第五章

打造健康长寿的理想乐园

第一节　举世瞩目的健康长寿岛

▓ 天时向着冲绳

在日本提起冲绳，无论年龄性别，大家首先联想到的是度假胜地。每年各种机构进行的民意测验都显示，绝大部分的日本人都视冲绳为最理想的居住地。就像冲绳饮食、冲绳民谣广受欢迎那样，冲绳这片热土是人们向往的南国乐园。

然而，在这一美好形象的背后也隐藏着一段段不幸历史，其中仍有些复杂难解的问题困扰着这里的人们。

各种调查数据显示，冲绳是日本经济最落后的一个地区。知道这一事实的人估计为数不多。这一点，冲绳应该积极诉之于舆论，告知世人。为了冲绳，我愿意付出我的一切，而我能做到的就是描绘冲绳未来的构想。

我的构想用一句话概括，就是把冲绳打造成举世瞩目的健康长寿岛。日本的高龄化社会已经走在世界的前头。不久三个国民当中就有一个六十五岁以上的高龄者。不仅日本，中国也面临同样的问题。从各种报道中我了解到，近年来中国高龄化社会进程迅速，养老院等设施远远跟不上需求。这一方面，韩国、中国台湾、泰国也不例外。

在世界同时步入高龄化社会的今天，冲绳发挥自身得天独厚的自然环境，打造高龄者乐园的时机成熟了。只要冲绳能够抓住机会在这方面拿出自己的特色，相信不久的将来希望到冲绳安度晚年的高龄者就会从四面八方云集而来。这些高龄者将不仅限于日本国内，更包括亚洲各国各地区。也许有人会说这是白日做梦，可我坚信这不是幻想，而是一项可行性很强的构想方案。为什么我如此胸有成竹呢？我的回答是：我了解冲绳，冲绳充分具备这一条件。

冲绳一年四季气候温暖，有着悠久的琉球文化。这里拥有世界最美丽的大海，拥有健康美味的饮食文化。生活在这里的人们开朗自由，善待外来者。冲绳所具有的独特魅力数不胜数。我完全有信心在这里打造退休老人安度晚年的理想乐园。

前面介绍过，继"冲绳恩纳村新城希望之丘Ⅰ"（694块）之后，我们又着手开发"今归仁阳光城希望之丘Ⅱ"（1 800块和800套新型养老院）。这是冲绳规模最大的分售宅地，第一期整备工作完成后，于2010年4月投放市场立刻引起了巨大反响，不仅是高龄者，有不少还在上班的壮年人也兴致勃勃地前来参观。

现在我常常东京、冲绳两头跑，或者说得更准确一点儿就是身在东京，心在冲绳。对于我来说，"希望之丘Ⅱ"的成功不仅意味着个人事业上的收获，同时我希望它的成功可以为冲绳的未来发展提供一个模式,为冲绳在高龄化社会到来的大环境下找到新的发展机遇。

今后我计划在冲绳打造"百岁健康长寿乐园",让更多的国内外人士了解冲绳,乐意到这里享受健康快活的第二人生。开发工作是一项很花时间的工作,总面积约16万坪的希望之丘开发战还刚刚打响。

■ 地理条件得天独厚

这里我想就"今归仁阳光城希望之丘Ⅱ"的开发情况做个介绍,让大家了解我们描绘的是个什么样的理想乐园,又是如何着手的。

首先应该强调的一点是,这里的地理条件无比优越。它位于冲绳山林等自然环境保存得最为完美的山原地带,全年平均气温约22℃。空气清新,星空美丽,这里位于冲绳北部,拥有地球上最澄澈透明的一片大海,是海上运动,尤其是潜水爱好者的向往之地。这里还有"冲绳版亚当与夏娃"传说中的古宇利大桥(连接古宇利岛,免费通行)。

冲绳有很多海水浴场,其中有不少是人工开发的。但"今归仁阳光城希望之丘Ⅱ"前面就是一片天然的海水浴场,退潮时可以走到离岸100米的海里抓章鱼、螃蟹、墨鱼,捡海螺。这些都是生活在都市所无法品味的。附近的伊江岛和水纳岛周围从一月到四月上旬看到鲸鱼戏水的几率高达几乎百分之九十九。

除了上述自然环境以外，冲绳很少发生地震。即使发生，受害程度也不比本岛。冲绳最古老的今归仁岛城阁至今仍保存完好，可见这里的岩盘有多坚硬。另外今归仁岛位于西海岸，不用担心发生海啸。冲绳是台风频发地带，但今归仁岛很少来台风，因为附近有海拔 363 米的恩纳岳和海拔 453 米的八重岳、海拔 451 米的嘉津宇岳起到了双重屏障的作用，抵挡太平洋东南部北上台风的侵入。

离这里车程十五至二十分钟的名护市是北部最大的城市，政府曾拨款 1 200 亿日元对这里的市区街道进行改造，因此各种设施、城市机能都很健全。生活在高龄者乐园享受自然闲适的田园生活，可以享受都市的繁华与方便，可以说是两全其美。

离分售宅地不远就是联合国教科文组织注册的世界遗产今归仁城遗址，去年决定将这里整备为世界最大规模的遗址。今归仁城建于十四世纪初叶，当时琉球分为三个小王国，其中一个是北山王国，今归仁城就是北山王国建造的城阁。周围西铭岳、与那霸岳等海拔超过 400 米的山脉叠峦起伏，常绿广叶树林木苍苍，绿意盎盎，到处一派南国风光。

今归仁阳光城希望之丘设有比今归仁城更高的瞭望台。站在上面，眼前的东海可以一百八十度尽收眼底，让你领略六百年前北山王居高临下眺望东海的那种感觉。如此理想的环境，如此巨大的规模,怎么就能拿到开发批文呢? 关键是申请手续是在世界遗产注册前批下来的。今后随着国内外游客的增加以及地区经济的进一步发展,势必带动地价上升。从保值增值的角度来看,确实是一块不可多得的宝地。

上面是我随便想到的几点。总归一句话,像"今归仁阳光城希望之丘Ⅱ"这样理想的布局条件,包括冲绳的离岛算在一起也可以说是为数极少。也正因为如此,我对它抱有很大的期待,希望把它打造成名副其实的百岁健康长寿乐园。

■ 健康长寿的高龄者乐园

冲绳是长寿的世界纪录之岛,在这里看不到驼背的老人。为什么呢? 理由有四。第一是这里的环境及风土,冲绳地处亚热带,气候温暖,不冷不热;第二是食物,冲绳的食物以健康可口闻名;第三是地质,冲绳岛地质由珊瑚构成,岛上的水富含钙质,研究证明,大凡长寿人口多的地区有一个共同特点,就是当地的水中钙质含量高;最后一个理由是,冲绳盛产延年益寿的黄姜。

生活在冲绳的人们都愿意活到老工作到老,这可以说是琉球王国时代世代传承下来的意识,而支撑这一意识的物质条件就是冲绳代代相传的生活环境和传统文化。因此我们在这里开发高龄者生活乐园的重要方针就是继承当地这一传统,让每个高龄者能够尽情享受自然带来的恩惠,享受第二人生,享受健康幸福的生活。

实现这一方针的具体方案有很多，其中我最执着的是打造一个圆木生态别墅的集聚区。冲绳传统的住宅材料不使用木材，但在建筑技术日趋成熟的今天，这一点已经不成问题。让高龄者住进木造住宅，这是先决条件。

然而，高龄者整天呆在家里也不利于健康，周围应该有吸引他们出来活动的环境及设施。为此，我们重点建了一些出租农园，指导他们种植黄姜、西瓜等植物。在住宅区设遛狗广场、18 个球穴的正规高尔夫球场、健康漫步专道、露天烧烤台、瞭望公园、野鸟自然公园，还定期举办陶艺、绘画学习班。

最吸引参观客人的还是公园高尔夫球场。这个球场占地5 000 坪，半场为 500 米，共 18 个球穴，获有正规高尔夫球场的认证。由 2 000 块宅地和 800 套新型养老院（计划）构成的分售宅地内设有如此规模的运动设施，在日本国内找不到先例。

今后怎么活用这些设施，我自然心中有数。就说公园高尔夫球场吧，可以利用它举办比赛，为业主提供交流的机会，这样业主们既可以得到锻炼，又能结交朋友。

另外，全管连集团还与"戈兰所卢奈良医院"建有提携关系，为购买全管连集团分售宅地的所有业主提供健康检查服务，以利于早期发现及时治疗。"戈兰所卢奈良医院"是一家有名的尖端医疗设施，这里拥有世界最先进的医疗设备，在癌症早期发现以及癌症免疫细胞治疗方面享有权威性声望。

目前计划在"今归仁阳光城希望之丘Ⅱ"设立该医院的定点诊所，以便更好地为这里的业主提供医疗服务。有关"戈兰所卢今归仁医院"的建设工程，目前计划和屋部土建公司合作进行。对于需要护理的老年业主，除鼓励邻居之间互相帮助之外，还从设施方面着手，例如计划建设带护理服务的公寓"戈兰所卢residence"（800套）。

把冲绳建设成世界第一的高龄者长寿乐园，这是一项任重道远的工作，我愿意尽最大的努力，为这一目标的早日实现贡献自己的力量。

■ 国际乐龄新村构想

除冲绳当地的高龄者外，还会有从本土移居过来的人，有把度假别墅盖在这里的人。为了这些人能够和睦相处，过得健康快活，就必须打造一个自由和谐的社区。分售的业主各有不同的人生经历、不同的想法，生活方式更是千差万别，有了一个大家都能接受的社区才能促进交流，建立良好的邻里关系。

一般说来，生活在岛上的人们具有排外倾向。这一点冲绳完全例外，"视路人为兄弟"是这里的传统良习。冲绳人热情好客，不挤兑外人。其中这方面做得最好的，我觉得还是今归仁地区。

在我的构想中，除了日本国内的高龄者以外，还包括中国大陆、中国台湾、韩国等亚洲地区的富裕阶层。看看地图就可一目了然。以人体打比方,冲绳的地理位置就像是亚洲的肚脐。凭着这里气候、设施、安全、长寿等有利条件,完全有条件吸引国外人士来这里建造别墅。比如,家住台北的人退休后可以在这里盖别墅,一年当中几个月住在冲绳,享受身居两地生活。我确信这样的时代近在眼前,到时"今归仁阳光城希望之丘Ⅱ"近旁的"YANBARU HOPE HIILS/ASIAN AREA"将变为国际乐龄新村。

据国际观光机构(WTO)预测,今后跨越国境的人员交流将有爆发性的增加,尤其是亚洲太平洋地区的增长率将最为突出,到2020年甚至有可能翻一番,达到4亿4千万人。大量的外国人从亚洲各地像潮水般地涌来,这一情景不会太遥远了。但绝不是所有的地方都会有大量的外国人涌来,而只是那些具有独自魅力的地方。因此冲绳有必要从现在开始准备,让亚洲各国的高龄者认识冲绳,对冲绳怀有向往之情,愿意退休后到冲绳定居。这一方面我几年前就已开始动手,希望不久亚洲各地的人们能够了解我们的高龄者乐园,愿意把这里作为安度晚年的理想地。同时我也愿意将自己多年积累的经验传授给世界各地的开发商,与更多的人分享。

生活在冲绳岛上的人们具有良好的国际意识。我小时候是这样,现在也不变。从这一点考虑,在日本国内建设高龄者国际乐龄新村,最合适的地方除了北海道以外就剩冲绳了。目前我们正计划与香港上市企业 HKR 共同开发。

"今归仁阳光城希望之丘Ⅱ"总面积一共 15 万坪,其中 8 万坪为主要区间(1 200 块),剩下的 3 万坪准备用来建造新型养老院、高龄者护理设施、临终关怀医院、高龄者公寓(800 套)。其中留下 4 万坪 ASIAN AREA(约 600 块),计划用来建设国际高龄者新村。建设国际新村的先行工作首先要让冲绳县政府面向中国大陆、中国台湾、韩国的富裕阶层开设一个移居推进室,同政府观光部门一起宣传冲绳的魅力,吸引更多的外国人成为国际新村的居民。

■ 新乡村生活大学全力配合

全管连集团的分售宅地最大特点是兼设新乡村生活大学,专门面向业主举办各种学习班和兴趣活动。

现在全国 79 个分售宅地都设有新乡村生活大学,为高龄者提供享受人生的种种活动。"今归仁阳光城希望之丘Ⅱ"也于 2010 年 4 月设立了"今归仁学舍"。新乡村生活大学校长吉井史郎是一名陶艺家,亲自指导陶艺学习班;钓鱼和潜水讲座由古坚宗德负责;高尔夫球学习班由比嘉清光指导,他也是我们分售宅地的业主。"今归仁学舍"刚刚上轨,今后还计划继续扩大充实,多办诸如冲绳盂兰盆舞学习班、赶海拾潮等具有冲绳特色的活动。

栃木县新乡村大学那须学舍外观。这里办有折纸、博彩、唱歌等各种学习班。

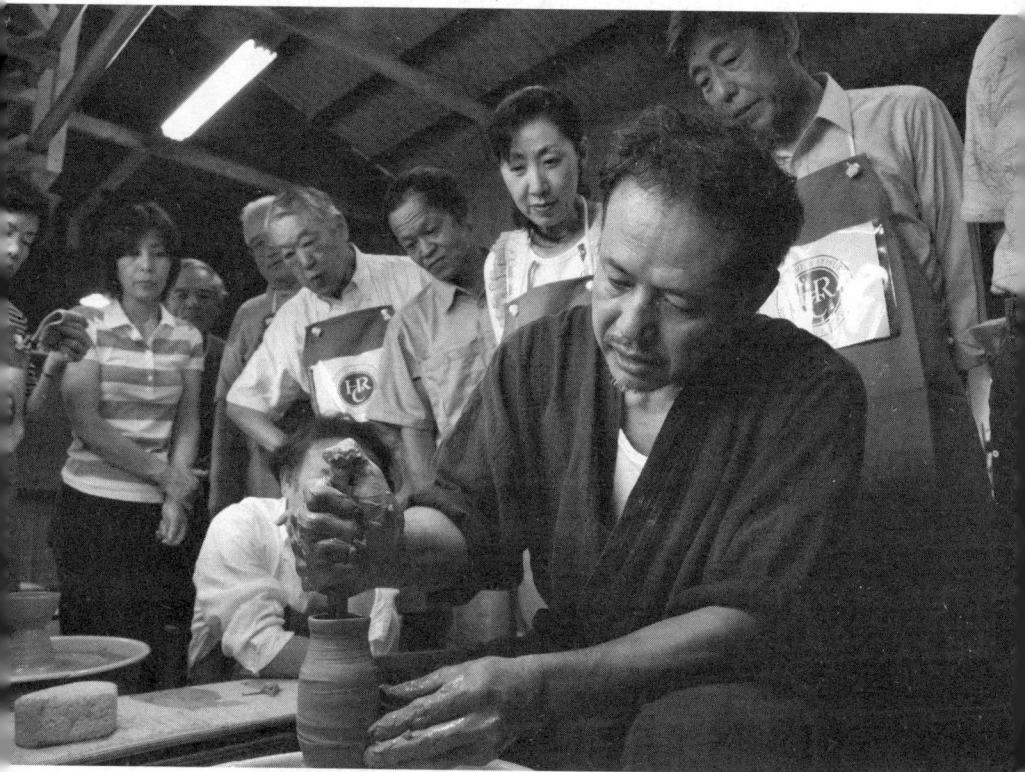

新乡村生活大学陶艺学习班的师生们。

新乡村生活大学分布在各地的学舍规模大小不一,有的学舍还拥有不亚于高级饭店的大型住宿设施。兵库县淡路岛学舍以及 2010 年 6 月 18 日设立的枥木县那须学舍开办博彩学习班、摇篮曲学习班、篝火舞蹈表演、卡拉 OK 比赛,组织温泉鱼疗,我们计划组织全管连集团分售宅地业主来这里旅行学习。

为什么要这样做呢？这和我对高龄者乐园的构想有关系。我认为退休后要过上充实的第二人生离不开健康、乐趣、朋友、收入这四大因素。而这四大因素还必须有相应的知识和信息来支撑。新乡村生活大学的活动就是在这方面为高龄者们提供机会。因此,我们把高龄者乐园的每一位业主都视为新乡村生活大学的学员。

多次到海外考察,给我的感觉是他们的高龄者生活区除了房子、设施不错以外,更具魅力的是生活在那里的老人个个都很有朝气。我发现这是由于他们有一套处处为老人着想的运营方式。如果说前者是硬件的话,后者就是软件。没有这套软件,高龄者乐园和普通的分售住宅又有什么区别呢？经过长期摸索,我独自开发出了一套适合日本高龄者的运营软件,这就是新乡村生活大学。新乡村生活大学开办以来已经有 6 万户业主前来参加,并广获好评。

"今归仁阳光城希望之丘 II"座落于 YANBARU HOPE HIILS 内,今后的发展目标定位在吸引亚洲及世界各国高龄者的健康长寿国际新村。为此,新乡村生活大学在这里的活动更应该充分体现出冲绳当地的特色,比如举办冲绳文化学习班、琉球料理学习班、人生一百岁健康讲座,组织各种体验学习、跨国交流会等等。

■ 采用循环式居住系统

我的高龄者乐园构想中还有一点是这方面的先进国家美国所没有的。我注意到,对于住宅,日本人与欧美国家的人们不同,特别是和美国人有着很大的差别。美国人根据人生不同时期的需要改变住宅环境。对于他们来说,搬家甚至移居海外都是常有的事。但要让日本人离开自己住惯的地方很难,他们对于土地有着独特的价值观。对于他们来说土地就是财产,离开原来的土地就等于放弃财产,放弃亲朋好友。

在美国,老年城入住条件是五十五岁以上,身无重疾。一旦需要护理或治疗就送往其他相应的设施。也就是说,对于美国老人来说,入住老人城并不意味着不再挪窝,而是随时都有可能搬走。这种做法日本人很难接受,因此照搬美国的经验注定是要失败的。

什么样的做法最能适合日本高龄者的需要呢?经过分析,我研究出了"循环式居住系统"这一全新的模式,得到了日本国土交通省以及各大学都市开发研究部门的高度评价。

"循环式居住系统"简而言之就是"住区内换房"。在一个大型

循环式居住系统

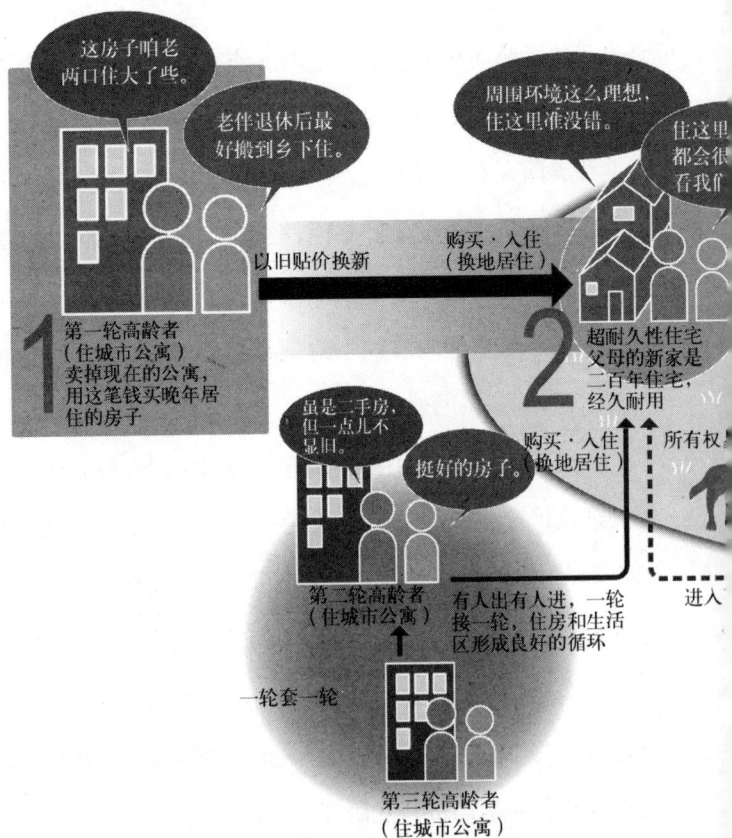

这房子咱老两口住大了些。

老伴退休后最好搬到乡下住。

周围环境这么理想，住这里准没错。

住这里都会很看我们

1 第一轮高龄者（住城市公寓）卖掉现在的公寓，用这笔钱买晚年居住的房子

以旧贴价换新

购买·入住（换地居住）

虽是二手房，但一点儿不显旧。

挺好的房子。

购买·入住（换地居住）

所有权

2 超耐久性住宅，父母的新家是二百年住宅，经久耐用

第二轮高龄者（住城市公寓）

有人出有人进，一轮接一轮，住房和生活区形成良好的循环

进入

一轮套一轮

第三轮高龄者（住城市公寓）

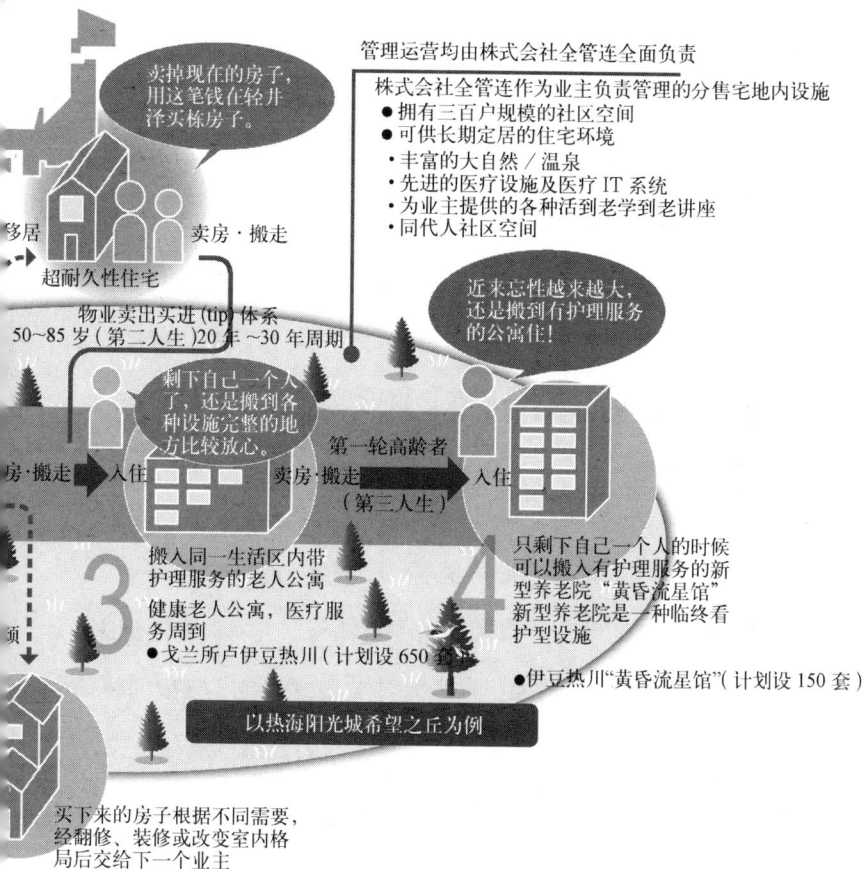

管理运营均由株式会社全管连全面负责

株式会社全管连作为业主负责管理的分售宅地内设施
● 拥有三百户规模的社区空间
● 可供长期定居的住宅环境
 · 丰富的大自然／温泉
 · 先进的医疗设施及医疗 IT 系统
 · 为业主提供的各种活到老学到老讲座
 · 同代人社区空间

卖掉现在的房子，用这笔钱在轻井泽买栋房子。

多居

卖房·搬走

超耐久性住宅

物业卖出买进(tip)体系
50~85 岁 (第二人生)20 年 ~30 年周期

剩下自己一个人了，还是搬到各种设施完整的地方比较放心。

近来忘性越来越大，还是搬到有护理服务的公寓住！

房·搬走　　入住　　　　卖房·搬走
　　　　　　　　　　第一轮高龄者
　　　　　　　　　　　（第三人生）　　入住

搬入同一生活区内带护理服务的老人公寓
健康老人公寓，医疗服务周到
● 戈兰所卢伊豆热川 (计划设 650 套)

只剩下自己一个人的时候可以搬入有护理服务的新型养老院 "黄昏流星馆"
新型养老院 "黄昏流星馆" 是一种临终看护型设施
● 伊豆热川 "黄昏流星馆"(计划设 150 套)

以热海阳光城希望之丘为例

买下来的房子根据不同需要，经翻修、装修或改变室内格局后交给下一个业主分售的宅地内建造几种规格不同的住宅,其中有适合用作别墅和定居使用的单户住宅,适合身无重疾的高龄者使用的健康老人公寓,带有医疗护理的老人公寓,适合单身高龄者使用的新型养老院,以便业主们能够根据生活方式的变化加以灵活选择。这样一个集多种不同机能于一体的住宅系统目前在世界上还不见先例。"循环式居住系统"对于生活在这里的高龄者有什么好处呢?下面我举一些例子进行说明。

居住在城市公寓的 A 氏夫妻,退休前五十六岁买下宅地,以后通过面向业主开办的陶艺、钓鱼、川柳写作学习班认识住区的人们,慢慢交上了朋友。然后他们在这里盖了房子,一开始作为别墅,偶尔来住几天。六十岁丈夫退休后,夫妻双双搬来定居。以后十年期间在自家菜园种菜,到海边钓鱼,尽情享受第二人生。然而,随着岁月的流逝,体力不如从前了,夫妻俩开始觉得公寓生活对自己更方便。这时他们可以搬到入住条件五十五岁以上的健康老人公寓。以后,丈夫生活无法自理的时候,夫妻俩可以搬入带护理的公寓。丈夫去世后,妻子可以选择在现在的公寓继续住下去,也可以搬到新型养老院去住。这一连串的搬迁都在同一个生活区内完成,因此不需要离开自己习惯的环境,远离自己的好友。

住区内换房的费用又是怎么算呢?比如,从单户住宅换到健康老人公寓时,我们公司把原先的单户住宅买下来,住户便可利用这笔钱购买健康老人公寓,这样费用方面的负担可以迎刃而解。

而原来的房屋由我们公司买下后,经过重新装修再卖给新的客人。这位新的客人成了这里的住户后就跟 A 氏夫妻一样循环下去。

这个划时代的体系原来是在我们公司管理的全国 79 处分售宅地使用的,所有业主都可以根据自己的需要卖掉宅地搬到这 79 处宅地。也就是说,我们把过去在全国地区间的循环体系应用到生活区内。前者是跨地区循环,后者是住区内循环。

我坚信"循环式居住系统"最适合日本国情。首先我计划把它用于冲绳"今归仁阳光城希望之丘Ⅱ",然后在全管连集团管理的全国各地分售宅地内建造 5 万户老人公寓。在开发高龄者乐园的同时制定出高龄化社会的商业模式,为地区社会的发展尽一份微薄的力量。

我的梦想还刚刚起步,今后我能做出多大的成果就看我能活多久,就看我的梦想对高龄化社会是否真有意义,就看能不能得到冲绳当地人们的赞同了。

第二节　我的冲绳未来观

■ 妙药灵丹是"一国两制"

我的事业最早从一片休眠宅地的改造开始,慢慢发展到全国各地。现在终于盼来了在冲绳这片生我养我的土地上展开高龄者乐园计划的一天，盼来了参与冲绳发展的机会。这一点使我备感自豪，不管多忙多累，只要一坐上飞往冲绳的班机，全身的疲劳就会被一种抑制不住的兴奋所取代。这种自豪感与兴奋感中包含一份盼望已久的强烈愿望，我希望冲绳能找回琉球王国极尽荣华的黄金时代。

怎么才能让冲绳再现昔日辉煌呢？怎么才能让冲绳成为日本47个都道府县中最繁荣的一个县呢？我认为如果这里头有什么灵丹妙药，那一定是采用"一国两制"。从历史上冲绳与日本本土的关系也可以证明我的信念并非无凭之言。

1972 年 5 月 15 日，冲绳从美国手中重新归属日本，冲绳使用的货币也由美元改成日元，所有的美元都交归日本政府。为此，本土调派了大批船只将这些美元从冲绳运走。战后日本的复兴在很大程度上是得益于这笔外汇（当时 1 美元换 380 日元）。有位经济学家指出，如果没有这笔来自冲绳的美元，战后日本经济飞速成长至少要推迟二十年。

2002 年 4 月，日本政府出于对冲绳特殊情况的考虑，根据冲绳振兴法颁布了经济特区政策，承认税制特别优惠措施。但我认为这只能说是前进了小半步，冲绳应该把步伐迈得更大更快，像香港那样全面采用一国两制。这不仅有利于冲绳的发展，同时也将为日本本土再次跃进提供机会。冲绳大学平良朝男教授也持一样的观点,他在《日本的一国两制》一书中指出,应该采用独立于日本法制体系的方法,大胆地将裁量权下放给冲绳,让冲绳能够靠自身的努力开拓未来。书中平良朝男教授还列出了具体的措施,比如将农地、原野、山林国有化或县有化,建设亚太地区枢纽港、国际投标中心以及开发低价位的长期逗留型国际观光新村。

■ 冲绳何去何从

欧盟的出现把欧洲几个国家紧紧地结合到了一起,世界经济已经跨出单国框架日趋全球化,国内与海外的界限在经济领域中已不存在实质性意义。亚洲地区之间的经济往来中,自由化的步伐越跨越大,国境已不再是交易的障碍。

这样一个时代对于冲绳是一次重新站起来,重现昔日琉球王朝之光的大好机会。从地理位置看,冲绳位于亚洲巨大市场的日本和紧追猛赶的中国之间,处于连接亚洲各国的重要位置。这一地理条件为冲绳创造了在海上交通、物流、信息等领域承担中继站的可能性。为此急需动手建设一个符合亚太地区经济发展需要的枢纽港,拥有 4 000 米级跑道、二十四小时开放的枢纽机场。

雷曼兄弟事件之后世界经济陷入低谷,而且一蹶不振。在这一形势下,冲绳的再生直接关系到日本整体的未来。为此我的意见是制定一个刺激个人和企业积极性的税制,将之与各项综合性政策汇合形成新的产业体系。具体详列如下。

一、物流方面设立自由交易区,让人员、货物及信息以世界最快的速度汇集进来。

二、税制方面设立保税区,以利于企业运营,为世界最尖端的创新企业提供优惠条件,并逐渐推广到日本全国。

三、将现有的美军基地改造成迪斯尼乐园,形成一大集观光、物流、金融于一体的综合观光产业,开设专门面向外国人的博彩馆,增加外汇收入。

四、将美军基地迁往冲绳北部 YANBARU 开发区,形成一个人口 30 万的国际社交城市,公用语定为英语,引进美国 MGM 博彩度假酒店。

目前那霸市内已有保税区,和香港一样不存在进口关税,有利于外资企业展开活动。世界上共有 50 个以上的自由贸易区,日本唯有冲绳一地。而且冲绳的保税区只有其名,但无其实,充其量只能说是起到保税仓库的作用而已。今后只有尽快把它转变成亚洲地区贸易枢纽站,才有真正的发展前途。

实现自由贸易,事实上就是承认冲绳一国两制。然而目前并没有跨出地方分权一步。要真正做到一国两制必须彻底撤走关税,建设亚洲地区的枢纽港以及具有高度信息收集机能的国际投标中心。从历史上看,冲绳一直是一个国际意识十分发达的地区,不排斥外国人,对于异国文化没有抵触感,这都是冲绳的强项。

具有世界最高水准的冲绳科学技术大学院大学就设在我们公

司管理运营的"冲绳新城希望之丘"内，这种自由开放、不拘一格的做法也是只有冲绳才能做到的。大学所有的课程都使用英语讲课，学生有半数来自国外。该大学的办学理念是立足冲绳，为亚太地区及全世界尖端科技的发展做出贡献。

就我个人眼下的目标而言，我希望 CCZ 开发计划推进的"国际健康百岁长寿新村"完成后，将开发过程积累下来的经验及运营体系向世界输出，利用在香港和新加坡上市筹集的资金招揽更多的外国人士来冲绳考察观光。

■ 开办博彩业谋求经济自立

冲绳要在短时期内谋求经济自立，捷径只有一条，就是让博彩业合法化。东京都知事石原慎太郎的博彩业构想遭遇社会上的各种压力，迟迟未见进展。全国几十个自治体也先后提出过开办博彩业的构想，各地呼声高涨，可一直没能实现。由此可见日本社会对博彩的偏见还是根深蒂固的。

世界先进国家当中不允许开办博彩业的国家只有日本。现在的博彩业已经不是过去的赌场，但还有很多人绕不过这个弯，还是以旧眼光看待这个新生事物。我认为政府如果真要顾虑反对意见的话，可以暂时不在全国铺开，可以制定特别法先在冲绳办个试点。

几年前我就预见和歌山县白滨和冲绳办博彩业试点的一天会

到来，于 1997 年在东京六本木新城榉树坡道平台屋顶设立了新日本娱乐产业协会。之后我每年都到各国考察，积极与国际博彩业界有关人士交流，收集信息，学习经验。从中我整理出了怎么招揽客人，怎么有效运营的总结性见解，写成《新·日本的博彩业》一书，在书中我还就高龄化社会与博彩的关系做了详细的阐述。

拉斯维加斯最大的资本巨头 MGM 集团总裁以及阿尔法辛特公司董事都是我的挚友。几年前，新加坡博彩业开始合法化时，由于 MGM 集团没有及时掌握信息，一念之差被太阳集团抢先了一步，结果一个都没能拿下。吃过这一苦头后，他们对冲绳博彩业动向始终保持高度关注。每次见面，总裁总要问我："等到什么时候冲绳才能有博彩呢？"

我也希望早日看到冲绳博彩合法化得到实现的一天。最近我和全国胜手连会长聊起这个问题，两人一致认为博彩业在冲绳落地开花只是时间问题，从最近的形势来看，似乎有一种山雨欲来风满楼的感觉。

博彩业对于任何国家都是争取外汇的有效手段。冲绳如能有博彩业，这里取得的外汇可以用于高龄者的福利，用于弥补医疗预算的不足，可以用来建造亚洲最大的枢纽港和拥有 4 000 米级跑道的枢纽机场。也就是说，有了博彩业冲绳就能在经济上获得自立。经济自立了，就能进一步发展富有冲绳特色的产业。

也许有人会说这是痴人说梦话，但我确信这是冲绳和日本双赢的唯一方法,既有利于冲绳的复苏,也有利于日本的再起。等到时机成熟的那一天,只要有参与的机会,我将义不容辞,尽心尽力。我觉得这也是上天交给我的使命。

■ 高龄者需要博彩

为什么我会在这里提到博彩业呢? 也许部分读者会感到突然。其实我一直认为博彩是一项很适合高龄者的娱乐活动,我的高龄者乐园计划缺的正是它。

对博彩业持支持意见的国会议员和县议会议员大多数都是看中博彩可以成为重要的观光资源这一点。他们的看法没错,可我一向主张博彩业不止于观光,对于高龄化社会它也是一项不可或缺的公共设施。(详请参阅《新·日本的博彩业》)

据 2000 年的统计数据,赌城拉斯维加斯接待的观光客人平均年龄是 50.4 岁,每四人当中就有一位退休人员。据称,今后高龄倾向将年年增大。随着团块世代纷纷退休,日本将迎来一个前所未有的高龄化社会。美国的情况也很相近。二战后十几年出现的婴儿潮期间生下的那一代人开始到了退休年龄。对美国退休老人进行的调查结果显示,大多数人把博彩视为生活中的主要乐趣。

美国内布拉斯加州一项调查显示,最受高龄者欢迎的娱乐第一是玩博彩,第二是参观博物馆,第三是上图书馆。另一项调查结果是：六十五岁以上的老人比下面各个年龄层的人更着迷于博彩。有的人定期玩博彩，一次就是玩个 1 000 美元。当然这些老年人当中不排除某些嗜赌之徒，但绝大多数人都是为了给自己增添生活乐趣。

正因为我对这方面做过详细的调查，所以才决定让新乡村生活大学在全国各地举办博彩讲座。一位对博彩持有偏见的六十三岁女性参加后兴高采烈地告诉我们，没想到博彩这么有趣。

拉斯维加斯有许多设施豪华的博彩馆，客人除了在这里玩博彩以外，还可以享受各种各样的娱乐。即使是孤身一人的高龄者也能玩得很开心。馆内工作人员服务贴心到位，坐在身旁的其他客人有说有笑，给人一种其乐融融的感觉。赌基诺和赌职业运动的大厅里还有很多椅子和大型屏幕，周围有很多和自己年龄相仿的人，只要你愿意可以结交很多朋友。

想打扮得漂漂亮亮出门玩的时候，博彩馆也是极好的去处。男性身穿的礼服再笔挺，女性打扮得再光鲜夺目也不会显得不合时宜。在这里即使你不进餐厅，不观赏各种表演，只在馆内转来转去也不会觉得无聊。

博彩馆设有各种物美价廉的餐厅，还有时髦的购物广场，转一圈什么都可以买齐。博彩馆二十四小时营业，不少餐厅也是二十四小时开门，整条街就是个不夜城。早起的时候，半夜醒来的时候都可以上这里尽情地玩个开心。

博彩馆方面也很欢迎高龄者。因为高龄者大多是在客人少的周日、清晨和上下午来，这样可以填补客人少的空缺，让大厅始终充满热闹的气氛。工作人员对高龄者也是照顾体贴，最近为了减轻高龄者的经济负担，还专为他们准备了一次赌一美分的老虎机。

可以舒舒服服、痛痛快快玩上一天，这就是高龄者对博彩感觉魅力的理由。我在美国曾看到过这样的情景。

这是一家规模庞大的博彩馆，坐落在距离纽约两小时车程的一个叫狸林（Foxwood）的印第安保留区，CEO史蒂文卡若是我的一位熟人。第一次去的时候，看到博彩馆前的巨大停车场停满各种轿车、大巴，一开始我还不相信这些车主都是上博彩馆的。后来才知道，这里就连周日也有4万名客人从四面八方云集而来，其中大多数是退休后的高龄者。

狸林博彩馆四周都是森林，让人很难想象这么茂密的森林里竟然会冒出这么一个博彩馆来，而且门庭若市。这里有饭店、购物广场、剧场、高尔夫球场等附属设施，逗留几天都不会感觉单调。其中最令人惊讶的是世界最大规模的宾果大厅。看上去就是一个大型体育馆的规模，每天都有2 000名打扮得漂漂亮亮的高龄者在这里玩宾果游戏。宾果游戏进展速度很快，可这些高龄者竟然玩着游戏还一边用餐，一边与身旁的人交谈。博彩馆工作人员告诉我，这些老人一大早就坐大巴来，一天玩个100美元，赌赢的话还可以换些生活用品回家，其中有不少人天天上这儿来报到。

兵库县淡路岛学舍的博彩学习班的师生们。他们当中有不少是夫妻一同来参加的。

日本有这种能让老人们聚集在一起享受娱乐的设施吗？在日本年纪越大，可以享受的娱乐就越少。如果日本也有这样的博彩馆，那高龄者将不需要过着无聊寂寞的蜗居生活，他们的每一天将会变得充满刺激，老当益壮。考察美国博彩馆回来后，我更加确信博彩馆可以成为受高龄者欢迎的公共娱乐设施，以后将一直不懈地为博彩的合法化、开创博彩业做准备工作。

■ 高龄者需要有更多的娱乐空间

与国外相比，日本为高龄者提供的娱乐设施及机会确实太少了。今后如何让他们过得充实，可以说是重要的社会性课题。然而就目前的情况看，政府是口口声声喊要让高龄者安度晚年，享受第二人生，可实际上并没有为他们准备必要的设施。

我认为在冲绳和南纪白滨开设博彩馆和度假酒店可以为日本的高龄者提供新的娱乐空间与机会，解决目前存在的许多问题。日本社会对于博彩这项娱乐还存在不少偏见和误解。因此有必要让更多的人加深理解，认识博彩是一项健全的娱乐活动。为了推动博彩文化在日本社会的早日普及，为了让高龄者学会玩博彩，新乡村生活大学在全国各地定期举办"HRC 博彩讲座"，所到之处都大受欢迎，教室内总是座无虚席。目前参加对象只限购买我们宅地的业主，参加者几乎都是第一次玩博彩，可是很快就学会了游戏规则，大家越玩越开心。其中有不少五十多岁、六十多岁的女性虽是初学者,可一会儿功夫就自己玩起了老虎机、二十一点。

"过去在电影里看过,觉得有意思。现在自己玩起来觉得确实有意思。"

"以前我觉得自己是无法接受博彩的,看来是得与时俱进了。"

从这些老人的感言中可以看出,退休老人需要博彩这种娱乐。兵库县淡路岛和栃木县那须高原有我们公司运营的会员制度假酒店"戈兰所卢",那里设有博彩娱乐室,定期举办博彩讲座,有机会欢迎大家光临。

■ 博彩馆与高龄者生活区相邻接

本书第二章提到过拉维加斯近郊一个叫"阳光赞歌城"(Suncity Anthem)的地方,这里是全美最受欢迎的高龄者生活城,一方面是价位相对较低,气候温暖,但更重要的是这里是博彩城。

"阳光赞歌城"管理运营完全由居民自治进行。中心是一片高尔夫球场,四周都是低层住宅。住区内设有娱乐中心,里面有健身房、游泳池,还定期开办各种兴趣讲座、游戏讲座,居民们可以随心所欲地在这里进行自己喜欢的活动。大多数居民还积极参加各种工作和义务活动,生活过得充实而有意义。这里的入住条件必须是五十五岁以上,身无重疾。室内空间主要为那些离开孩子、夫妻俩单过的家庭而设计,进门就是开敞的书房,这里也可作为家居办公(SOHO)的空间使用,同时还备有儿孙、朋友偶尔来住宿的客房。

"阳光赞歌城"位于丘陵地带。夜晚站在窗前,拉斯维加斯灯火通明的博彩馆、豪华酒店尽收眼底,这一点特别受住户们欢迎。另外,坐车到博彩馆地带也就三十分钟,而且每天都有免费班车管接管送,居民要进市区玩博彩或是去听音乐会、上餐厅都可以利用。

2005 年 6 月和 2006 年 4 月,我曾两次带领全体员工到这里考察。当时我与自治会会长交流意见时问到这里的生活情况,七十四岁的会长告诉我:"搬到这里以后结交了许多朋友,这一点最令我满意。今天我要和大家一起上博彩馆玩宾果。"据他说,宾果是最受高龄者欢迎的游戏。

一位从旧金山搬过来的六十一岁男性告诉我们这里生活舒服方便,他说:"搬到这里后,我每天都是先坐在电脑前工作,工作结束后搭免费大巴进城买东西,进酒吧喝喝酒,然后玩一会儿老虎机再回来。偶尔也听听音乐会。来这里以前我不怎么上街玩的,这里充满了各种刺激,每天都很充实。"

一个人进入高龄期,朋友逐渐减少,慢慢地也就不想出门了。这看上去像是人之常情,但看到"阳光赞歌城"居民的生活后,我认识到关键不在于人,而在于环境。只要有适合的环境,高龄者也能活得很轻松、很活跃。每次从"阳光赞歌城"考察回来,我都更加迫切希望日本政府也能早日批准开办博彩业。

将来日本博彩业合法化以后，退休后的高龄者也将成为主要的玩客，而博彩城与高龄者生活城相组合，必将成为高龄化时代的理想城区规划。一万人口的地区有了博彩业将会引来数十万的观光客，引来数万高龄者移居。只要看看拉斯维加斯的成功先例，就可以知道这绝不是白日做梦。

假如冲绳有了博彩设施，把它与我现在着手开发的"今归仁阳光城希望之丘Ⅱ"相组合，相信必将带来像拉斯维加斯"阳光赞歌城"那样的效果，给冲绳带来惊人的变化。冲绳将成为亚洲最受欢迎的高龄者度假乐园，高龄者安度晚年的向往之处。冲绳将比琉球王国时代更加繁荣。

■ 只要有信心，梦想必成真

"一国两制"与博彩业的构想在现阶段也许还只是幻想，但敢于幻想就能变成理想，变成可以实现的目标。韩国济州岛就是一个很好的先例。

济州岛与冲绳岛有着很多相像之处。济州岛人口55万（冲绳人口139万），岛民人均所得居韩国最低，冲绳亦居日本最低。十五世纪初叶前，济州岛称耽罗王国，具有独立的外交，同时朝贡朝鲜半岛的百济国与日本，历史上还受到朝鲜半岛的高丽国以及中国元朝的武力制压沦为直辖领地。二战结束后并入韩国版图。这里曾是韩国新婚旅行的热门之地，但是随着韩国经济的发展，海外旅行自由化实施后，观光客人不断减少，给一无现代产业、二无企业投资的济州岛造成严重打击，因此过去一段时间经济一直无法得到发展。

现在的济州岛又是怎么样呢？2006年7月韩国政府制定出《济州特别自治道特别法》，正式公布除外交、国防、司法以外，将所有的自治权下放给济州岛。政府的决策给济州岛带来了生机，当地政府大胆地推行了一连串独自的改革制度。

第一项改革就是外国人入境免签制度。世界上180个国家的入境人员可不持签证在济州岛逗留三十到九十天，外国投资企业人员可不持签证在济州岛逗留五年。同时开放免税店的经营，设立收费低廉的济州航空公司，飞往首尔的单程机票收费仅5 000日元，打破了航空业界的收费常识。结果，人口55万的济州岛每年吸引韩国本土600万人、中国大陆100万人前来观光。

目前济州岛还在进行医疗制度改革，试图承认医院股份化，承认海外的医生执照，以便引进美国大型医院，吸引海外患者。另外，他们还计划在不远的将来面向需要护理的高龄者建造"太平洋高龄者生活城"，从世界各地招聘护理、福利方面的人才，吸引包括日本在内的亚洲富裕层高龄者。

济州岛的自治有多彻底，我们可以从当地使用的警服看出来。这里使用的是独自设计的警服，不同于韩国本土。"创造岛民幸福的国际城市"这一口号在很大程度上已经得到了实现。

韩国政府可以做出如此大胆的改革,为什么日本就做不到呢?原电视节目主持人、原参议院议员大桥巨泉在登载的文章(《周刊现代》2010 年 7 月 17 日)中这样写道:"我多年的梦想是突然有一天冲绳变成一个独立国家,美军基地从这里消失,日美安全保障尚存在,可不存在冲美安全保障。对于日本政府这是一个大难题,但是想尽一切办法也要解决。日本对于冲绳欠得太多了。"

著名经济评论家大前研一在他的著作《冲绳未来图》(1993年发行)中指出:"冲绳应该独立,成为东海的巴拿马。"他还强调,日本政府应该向冲绳谢罪,政府口口声声谈支援冲绳,这种姿态本身就是对冲绳的侮辱。冲绳的未来应该由冲绳人自己做主。

十七年过后,大前研一在《探索》杂志(2010 年 8 月 25 日)上登载的文章中一针见血地指出:"对营首相来说,冲绳问题就像一块碰不得的烂伤疤,只要口头敷衍,赔几声不是,道几声谢就了事。其实本土与冲绳之间存在的鸿沟永远无法填平。我认为应该向冲绳保证二十年的财源,让冲绳人自己决定自己的出路。给予冲绳自由,这才是帮助冲绳走向自立的第一步。"大前研一还提议,冲绳应该拥有比济州岛更大的自治权,拥有外交权与防卫权。当然最终决定权还在岛民手里。

济州岛和冲绳岛，两个地区走过的历史与在本国所处的地位都十分相像，可两个国家的做法简直是天壤之别。济州岛现在越搞越红火，日本政府为什么就不能为冲绳的未来开出一条活路呢？大田实少将万感交集之余写下的那句话"望后世对冲绳给予特别的关照"中所说的"特别"，不正是大桥巨泉和大前研一所说的给予冲绳岛民有尊严的自立吗？

我始终不变的想法是冲绳应该实现"一国两制"，像琉球王国那样拥有独立自主的权利，以寻求独自的发展道路。因此每次看到、听到济州岛的发展情况，我都百感交集。特别是知道济州岛计划建立面向需要护理的高龄者建造"太平洋高龄者生活城"的消息时，我更是不能平静。对方是政府出面开发，而我们只能靠一个企业的力量。

前面介绍的美国"阳光赞歌城"坐落在拉斯维加斯郊外的沙漠中，可是全美各地的老人都争先恐后要住进来，甚至还要排队抽签。这一点冲绳的条件比拉斯维加斯优越多了，冲绳拥有最长寿之岛、最清澈的大海等多个世界之最，完全有条件成为世界各地高龄者向往的安居之地。只要"一国两制"实现了，这里成为高龄者的桃花源将是指日可待。

现在普天间美军基地问题占据了大家的视线，冲绳今后的发展问题自然就很少有人提起。可是时间不等人，再这么拖下去机会就会白白丧失。我现在是以民间企业的身份从事开发，但我还是愿意将这份事业纳入冲绳整体发展的一部分,创造出领先亚洲、领先世界的高龄者乐园。

多年的积累使我对计划的实现充满信心,但一个人的力量毕竟有限,我愿意和志同道合的团体合作加以推进,让冲绳再现昔日光彩。

第六章

寻梦几十载目标已在望

第一节 新的时代新的序幕

■ 勇攀高峰

从事高龄者的事业有一点必须铭记于心，那就是永远把质量放在首位。高龄者生活经验丰富，善辨真伪，他们比起外表更重视内在，说俗一点儿就是眼力很高。

对于他们，如果你只顾打眼前的小算盘，只惦记着眼前的利益，置服务内容于不顾，商品卖出手就不认人，客人有意见不能及时处理，那么你的事业注定长不了。

开发高龄者生活区不是一朝一夕可以完成的，需要长年累月不懈努力。像小野平分售宅地，先得理清各项细节，解决自来水问题，然后开发成方便舒适的生活空间，前前后后耗费十三年时间。因此开发方与业主不可能只是买方与卖方的单纯关系，而需要建立长期的信赖。甚至可以说，信赖是事业的根基、事业的推进力。

2010 年我们宣布在枥木县矢板市开发那须南阳光城希望之丘(约 550 块)，沿清流帚川开发带院子的高龄者住宅，接下来我们的工作就是质量挂帅，结合时代的发展不断提高质量标准和多样化水平。

前一章介绍过，注目高龄者市场的国家和地区不仅是日本，这方面目前美国已经走在前头，亚洲各国也在后面紧追不放。不难预料，今后这方面的国际竞争必将日益激烈。过去二十年我始终在追求理想的高龄者生活乐园，目前这方面堪称领先同行。但现在已经不是满足于日本第一、行业第一的时代了，我们有必要把目光投向整个亚洲。正是基于这一认识，我特别重视冲绳，因为我确信这里完全有条件创造亚洲第一的高龄者乐园。

目前就生产力方面来看，日本已经被亚洲其他国家赶上，但在高科技领域、服务质量方面，在准确运用体系方面还具有压倒性的优势。也就是说，数量方面也许让位给了亚洲其他国家，但质量方面还是遥遥领先。

高龄者乐园需要的正是这种质量。具有一定的规模，周围打扫得干干净净，这些都是表面上的问题，而居住起来是否舒适，能否过得安心，能否过得健康，能否找到乐趣，有没有机会与周围的人交流，这些实质问题才是关键。而实质方面正是日本的强项，完全可以做到最好。

YAITA HOPE HIILS 就是我们以质制胜的一个开发点。为了不断提高质量，我们首先召集自愿者，采用建筑合作社（Building cooperatives）的方式加以运营。而这方面的工作最重要的就是听取高龄者的意见，了解他们的意愿，了解他们希望如何设计自己的晚年生活，然后在这一基础上构筑出可行性方案并反映到工作中去。

俗话说,活到老学到老。搞事业也是如此,永远没有止境。再怎么准备,再怎么研究,到了实际工作还是觉得远远不够。好在我这个人并不讨厌这种学无止境的压力,相反觉得这是给自己的一个动力。不是说吗? 没有压力就没有动力。

■ 设立财团法人乐龄生活支援机构

为了让事业进一步发展,2010 年 5 月我出任一般财团法人乐龄生活支援机构代表理事一职。这是一个与全管连集团相对独立的财团。财团的目的是为退休后的团块世代提供必要的支援,让他们能够更好地安度晚年,并将这方面的成果应用普及到所有的高龄者身上。目前只是以日本国内为对象,今后还计划把范围扩大到亚洲地区以及全世界。财团的口号是"提高第二人生的质量",为了实现这一目标,我们集预防医学、护理体系、高龄者文化等领域的研究成果于一体,不断追求更高的质量,把财团办成高龄者生活区开发领域的智库,同时积极支援包括需要护理的人员在内的高龄者实现安度晚年的心愿。研究工作达到一定程度后,我们还计划面向亚洲各国提供咨询服务,将这方面的经验和成果加以推广。

老有所居、老有所乐,这不仅是日本社会,同时也是世界各国所共同拥有的目标。财团计划通过为高龄者生活提供支援,在高龄者生活区、高龄者公寓的开发工作方面积极配合中央政府和地方政府共同开创新的时代。

　　为高龄者生活提供支援的工作涉及面很广，我们计划开发各种邻里互帮的护理体系以及义务性居家护理体系，从多方面满足高龄者的不同需要，并将之推广到世界各个角落。

■ 享受人生的退休人员俱乐部

　　为了给更多的退休老人增加生活乐趣，全管连集团专门设立了会员制俱乐部 HRC。该俱乐部提供旅游、购物、美容、全面体检、运动、兴趣、学习等多样服务。值得一提的是，俱乐部做法独特，不同于其他会员制俱乐部，具体主要体现在以下四个方面：

　　① HRC 俱乐部的理想是让每位会员都活到百岁，为此入会前我们要求会员在戈兰所卢奈良医院接受 IT 全面体检，并根据每个人的检查结果调配营养补品。如发现什么症状，还能及时接受治疗。

　　② HRC 俱乐部与日本国内 2 400 家酒店、温泉设施、娱乐设施以及 175 处的高尔夫球场建立提携关系，凡是 HRC 会员都能在那里享受服务。另外，俱乐部还与世界各国约 2 万家酒店建立提携关系，为会员提供各种方便。

　　③ 接受上述各项服务时不用支付现金，而采用俱乐部专设的决算体系 HRC 积分卡。会员入会时购卡，每年可以得到俱乐部免费发给的奖励积分，因此会员实质上就等于可免费享受旅游、购物、美容、高尔夫球等服务。

座落于千叶县的戈兰所卢医院。购买全管连土地的人以及 HRC 会员可以
享受优惠。

④ HRC 会员可以参加全管连集团开设的新乡村生活大学组织的兴趣学习班、实习旅行、研究会。另外还可以优先享受全管连集团拥有的温泉疗养设施及高级餐馆的服务,而且实质上也是免费的。

现在不少会员制俱乐部也提供各种优惠服务,会员可以利用日本国内的一些娱乐设施。与这些俱乐部最大的不同是,HRC 提供的娱乐活动涵盖面之广是其他俱乐部所无法比拟的。更重要的一点是,俱乐部提供的所有娱乐活动始终都是围绕着如何帮助会员们更好享受人生而展开的。因此得到了会员的支持,他们都很珍惜每年俱乐部免费发给的积分,用它来充实自己的生活。

A 先生现年六十八岁,家住大阪市。成为俱乐部会员后,他每年都把俱乐部免费发给的奖励积分送给儿子和儿媳,让他们去旅游,两代人越处越融洽;另一位家住东京的 F 先生(现年四十九岁)喜欢泡温泉,而上高级温泉旅馆度假时需要支付很多现金,每逢这种时候他就利用 HRC 积分卡;还有一位家住冲绳的 D 女士(现年五十三岁),总爱到专为网上会员提供的购物网站上淘宝,买些家用电器、服装以及日常用品。

也许大家会以为这些会员都是日本人,其实不然。一位家在上海的公司经营者 R 先生(现年四十三岁)就是 HRC 的中国会员。他经常来日本谈生意,有一次无意中从日本友人那里了解到

HRC 俱乐部,不久便成了该俱乐部的 VIP 会员。入会以后,他携同夫人来东京旅游,一路享受的尽是 VIP 会员的特殊待遇。白天,他和夫人包下劳斯莱斯幻影高级轿车上街购物,晚上包下直升飞机空中独享东京夜景。尽情尽兴在东京玩了两天后,夫妻俩来到富士山脚下的箱根,住进当地日本人想订都很困难的高级温泉山庄 VIP 套间。R 先生和他的夫人一起泡温泉,品尝正宗的日本料理,过得十分开心。据说,下回再来的时候他准备和客商乘坐私人豪华专机到冲绳岛。

R 先生告诉我:"以前到了日本想好好享受享受,却不知道怎么给自己安排。参加 HRC 俱乐部以后,我很吃惊地发现会员能够享受的服务竟有这么多,所以我决定带夫人一起来。我夫人以前没来过日本,在这里逗留的每一天对她都很新鲜很新奇。我们还拍下许多照片准备回国后向哥哥一家和妻子的娘家人炫耀炫耀。这一趟来得很值得,我相信至少近期我们夫妻俩不会再吵嘴了。"R 先生还告诉我,他的 VIP 会员待遇不仅可以用来孝敬老婆,还可以用来接待重要客户。

过去 HRC 俱乐部之所以没有像 R 先生这样的外籍会员,最大的原因是我们没有在国外进行宣传。最近一两年,不知是从什么渠道得来的信息,韩国、泰国以及印度尼西亚等亚洲国家的人们纷纷来电来信跟我们联系,希望了解我们的俱乐部,有的甚至直接入会。

兵库县高级日本料亭吞海楼。这里是全管连会员专用的高级旅馆。

随着各国经济的发展、海外旅游的自由化、娱乐的多样化,越来越多的人开始追求超越国境、自由享受人生的生活方式及休闲方式。我们衷心欢迎各国人士加入 HRC 俱乐部,享受充实幸福的时光,参加新乡村生活大学的各种兴趣活动、学习班、实习旅行,如有更多的外国人参加,国际特色将更加浓厚,交流面也将进一步拓宽。

为解决中国及欧美各国人士语言沟通上的障碍,让每位外国客人在日本过得更舒心,HRC 本部现在正在招聘这方面的专才,加快培养提高职员的外语能力。同时,我们已经把开设海外事务所的工作提到议事日程,目前正在积极寻找中方的合作伙伴。

■ 再过十年社会保障制度必将崩溃

大家都知道日本现行的年金制度及高龄者医疗保险制度严重压迫国家财政,致使政府的贷款不断膨胀,再这么下去,不出十年,日本的财政将无法承受而导致制度本身的崩溃。目前日本政府准备将消费税提升到百分之十,以解决这一问题。

但是,2020 年日本的高龄化率将达到 29％,进入 2050 年将达到 31％。也就是说在不远的将来,三个日本国民当中就有一位六十五岁以上的老人。按这个数字计算,等于两个工作的人要承担一个老人的社会保障。因此消费税提升 5％充其量也就是杯水车薪。一项统计结果显示,如果硬要靠消费税来维持现行的社会保障制度的话，消费税起码得提升到 23%～28%。但是消费税是不看年龄的，不管是九十岁还是一百岁照收不误。这样一来，高龄者的负担不仅无法减轻反而加重，老人们的生活将更加困难。

2022 年团块世代将进入后期高龄层（七十五岁以上），享受社会保障的人口将急剧增加。这一情况离现在只有十来年了。在这之前，要指望政府拿出行之有效的对策恐怕是不可能了。

目前日本各地政府在高龄者的医疗、护理以及设立养老院、老人集体宿舍等设施方面远远跟不上形势。表面上不少自治体高喊要重视高龄者，但实际工作迟迟未见进展。这也难怪，人口高龄化的问题并不是自治体本身就可以解决的。国家是僧多粥少，自治体是有心无力，剩下只能是八仙过海各显神通了。为了退休以后看得起病，请得起护理人员，过上无忧无虑的晚年生活就必须未雨绸缪，从精神与金钱两方面为自己制定一个晚年生活计划，然后凭自己的能力加以实现。

目睹现在的问题，更让我觉得民间企业有必要在中间发挥作用，特别是作为日本开发乐龄生活区的唯一企业，全管连集团更是责无旁贷。

今后高龄化社会的脚步只会加快不会停止，进入退休年龄的高龄者需要有一个理想住宅环境这一现实也是不会改变的。摆在我们面前的问题堆积如山，绝不是一家企业所能承担得了的。因此有必要与地区自治体以及其他行业,甚至海外企业携手共进。当然,希望自家企业一手包揽,这也许是经营者的心理,但在今天形势如此紧迫的情况下需要从全局出发,采取现实的方法。

我认为开发高龄者生活区与其独家单干,不如多种行业密切配合,更能综合各方面的力量,取得更好的成效。因此全管连集团在大胆开发独家技术的同时,积极与其他行业相互提携,招聘各行各业的专家作为顾问共同展开研究。今后这方面的合作规模将更大,涉及面也将更广。我相信通过这种共同研究、共同努力,可以将高龄者生活区的开发与现代农业的结构改革问题挂起钩来,为开发工作带来突破性的成果。而财团法人乐龄生活支援机构将起到智库的作用,和当地自治体共同谋求新的发展途径。

过去三十年我一直在追求着同一个梦想,现在到了和我们的宅地业主共同实现的时候了,全国各处分售宅地将成为梦想成真的最好见证。

第二节　客人是我们的衣食父母

■ 听客一句话,胜读十年书

"上野先生,你年轻能干这一点我承认,可你口口声声谈晚年生活,好像多了解老人似的。我问你,你真觉得自己知道他们需要什么吗?"

这话是从一个住在分售宅地的七十岁业主口中说出的,当时我才二十四五岁,为高龄者打造理想的生活乐园这一理想还没在我的心中萌生。老人的话让我无地自容。从此以后我开始用心去观察,去了解,弄明白过去的高龄者和现在的高龄者的异同点、今后高龄者的理想生活等问题。更重要的是通过努力,我清醒地认识到高龄化社会的脚步已经逼近。

常常听人说管理好客人很重要。其实相反,对于我,对于我们集团,客人是我们的导师,是我们的指路明灯。长期以来,有无数的客人给过我意见,给过我批评,给过我指导。没有这些客人的批评、鼓励,就不会有今天全管连集团的发展。因此我常常告诫员工:客人的批评是对自己的关心与指导,不要忘记全管连集团能有今天,完全是客人指导的结果。

我们在日本全国 79 处开发分售的宅地上生活着许多业主,自然会有各种不同的意见和建议。这些声音证明业主对我们抱有希望,对此我们不应视而不见、充耳不闻。只有及时处理才能使问题解决于开端,不至于不可收拾。而且解决问题的过程本身就是一种学习,一种进步。禅语说,千差有路,大道无门。我们希望员工们不走歪门邪道,遇到任何意见都能虚心接受,认真听取,并把它作为工作的指标及推动力,绝不能敷衍躲避。

■ 业主投诉

我们接到的业主投诉当中有很多是我们工作做得不好，但也有一些明显就是对方的误会。处理完投诉后想尽快忘记它，这也是人之常情。但是为了不再出现同样的问题，不仅要做到知错必改，还必须牢记不忘。为此我们要求全体员工将处理经过做记录，所有记录我都一一过目，亲自把关，检查处理结果是不是令对方满意，有没有让对方感到为难。遇到员工不能解决的问题，就一起思考找出办法。另外，这些记录还是很好的教材，可以用来教育新员工。

例如有位业主投诉说："遇到不明白的地方，想打电话问问，负责人不在，只好给他留言，可连个回音也不给。"这位员工虽是无心之过，但这种错误对于一名推销员来说是致命的。一个优秀的推销员对于客人的每一次咨询都必须及时回复。忙不是理由，实在无法回电话也应该找人替代，或者告诉对方什么时候可以回复。

类似的投诉还有员工拼命为业主想办法，到处奔走，却换来业主"慢慢腾腾不积极"的怨言。比如业主办好手续想把现在的宅地卖掉，尽管负责的员工一直在努力，可一时找不到买主，这时就有可能听到抱怨声："你们是不是真心为我们办事呀？""找不到买主也得告诉我们呀，怎么就一声不吭？"

公司有一套完整的销售体系，每个员工都是按照既定的体系行动，可是卖主在自己的物业没卖出手以前难免坐立不安。这种不安往往容易产生怀疑，进而变成不满。其实越是为业主着想的员工，越花费时间去帮他争取，客人来电话询问时也往往就是一句话："我正在争取，请再耐心等一等。"问题出就出在这里，可是负责项目的员工却觉得自己受委屈，认为自己这么卖命为什么还落得听客人的抱怨。其实这事错在我们的员工身上，因为他只说结论不谈经过的回话方式容易让对方产生怀疑。正确的做法应该是，不管再忙也要抽出时间主动向客人汇报办事经过，这样可以控制客人的抱怨情绪，起到镇定作用。而且他不应该只顾自己努力，应该让卖主一道出主意，一道找出解决办法，比如下调价格、上网拍卖等等。

还有这样的情况。一位打算购买我们宅地的客人抱怨说："你们全管连集团也真是的，三天两头就往我们家发直邮广告，打电话。"听了老人的话，这位员工问老人："如果有两家公司，一家东西卖完就音信杳无，另一家则经常联系，那您觉得哪一家更好呢？"老人想了想后回答："还是经常联系的好。"后来这位老人买下了我们的宅地。这位员工为什么能够化解抱怨获得信赖呢？理由很简单，他能够站在客人的角度思考问题，让客人心服口服。

我们日常工作中接到的投诉还有很多，这种并非荣誉的事情大多数人都不愿写进书里，但是这本书不仅写给社会上的读者，也是写给我们的员工看的。通过这本书我要告诉员工，从客人的抱怨声中认识我们的企业，我们的员工还有很多缺点，今后还需要不断改善提高。

我们的开发事业与业主之间不仅是买方和卖方、委托人和被委托人的关系，而应该是拥有共同的目标、一道努力的关系。要真正建立起这一关系，有必要虚心听取业主的意见。从这个意义上来说，业主的抱怨和投诉是绝佳的信息来源，让我们可以及时纠正错误，回到正确方向，避免造成更大的损失。

这里我请求各位读者，本书最后一页有我办公室的地址和直通电话号码，如果对我们集团、对我们的工作有什么不满或意见，欢迎随时来信来电告诉我们。我们将虚心接受并反映到今后的工作中，同时对于我们所接到的所有投诉都将认真研究，并将结果及时反馈。

■ 实施不满意度调查

作为一名经营者必须随时听取客人的意见，然而事实上直接与客人接触的机会并不多，客人的满意度当然值得重视，因为这是衡量一个经营者是否成功的社会标准，有如学校的成绩单之于学生那样。

其实客人的抱怨也是如此，我们公司始终关注每位业主对我们的意见。我们还设定了"在业主看来该打多少分？""业主是否满意？""如有不满，具体表现在哪些地方？"等多项具体问题了解业主们的心声。2010 年 2 月，在这一基础上推出了明信片答卷方式的"客人不满度调查"。

开始调查以来每天都可接到不少回馈，其中有意见、感想，有给我们鼓励的，有为我们出谋献策的，有和我们商量问题的，还有介绍自己近况的。这些明信片对我来说犹如一份份情书，犹如退回来的考卷，我都逐张过目。有的来信令我百看不厌，有的来信则唤起我的回忆，还有一些让我反省，催我改善。记得上学的时候每次接到退回来的考卷，我不感觉兴奋，也不抱任何期待，可现在每看一张业主的回卷都会令我的心怦怦直跳。幸亏业主们对我们的工作基本上都判合格。现在回想起来，我为自己不能更早想到这个办法而感到惋惜。

业主们寄来的这些信件都编订成册由各个部门的领导分别保管，作为平时工作的参考，争取得到一百分，差一分都不行。其中有一册放在我的寝室里，每当我需要做出什么重要决策而举棋不定的时候，总要拿出来翻一翻。

今后我们还将继续实施这一调查，就当接受经营测验，不拿下一百分绝不罢休。我相信这对我们公司的发展将起到积极的作用。先有客人再有公司，不是先有公司再有客人，摆正两者的关系才是企业发展的正道。

第三节　众擎易举，众梦成真

■ 人生的真谛在于不停地追求

　　我由衷感谢自己降生人世，感谢养育过我、帮助过我的人。每次想到生我养我的冲绳，我就想，我们这些没有吃过战争之苦的一代人有义务为辛辛苦苦创下战后经济奇迹的老前辈创造舒适健康的生活环境，让他们排除后顾之忧，安心享受退休后的第二人生。为此我愿意献出自己所有的经验和力量。同时，这也是我对自己的挑战，我想知道自己有限的人生到底能干出什么样的事业。虽然已近知天命之年，但我还愿意继续挑战。

　　我喜欢同时给自己制定几个目标，同时运营几个项目，自然工作量也比别人多出几倍。在旁人眼光中也许我太一心多用了，可我并不这么认为。我觉得人生有限，要是把自己的目标限定在一个小小的范围内，那一辈子能干出的事业也就受到限制。因此我成天都在思考，一旦想到什么就付诸行动。同时进展几个项目还有一个好处，就是一些看似没有关联的问题会在你自己不察觉的时候互相交融，产生意想不到的效果。事实证明，我着手的所有项目最终都殊途同归，与打造高龄者生活乐园紧紧地联系在了一起。

■ 八十六岁后开始自己的第二人生

现在的我有做不完的工作，一个接一个，连好好喘口气的时间都没有。但我并不讨厌这种生活，相反过得十分充实。对我来说，这不是苦行而是一种追求，是尽情享受人生给自己的可能性。

我性情温和开朗、热情友善、不甘于墨守成规，这些都是故土冲绳在我身上留下的烙印。我靠着自己的智慧一路拼搏，获得了事业上的成功，年纪轻轻就赚足了金钱。但是我并不执着于金钱，我在为创下更大的事业而奋斗不息。

我二十四岁定下 CCZ 开发计划的时候，周围的人都不当回事，甚至有人笑话我是墙上画饼。每当自己丧失信心的时候，我总是内心暗自反复诵念坂本龙马的名言"任世人说去，我做我为唯我而知"，给自己打气。

如今我是日本最大规模的分售宅地维持管理综合公司的社长，拥有包括栃木县矢板阳光城希望之丘(550 块)、岐阜县飞驒高山希望之丘(780 块)在内的 80 处大型分售宅地(74 683 块)。由于公司名称与其他公司重名，为了方便 2013 年股票上市，初步计划将现在的株式会社全管连的名称改为株式会社 ZKR。

现在有越来越多的客人支持我们的事业，给予我们高度的评价。客人们的鼓励是我们力量的源泉，是我们取之不尽的法宝。我始终清醒地认识到离开这些客人的热心支持，我的事业就会土崩瓦解。

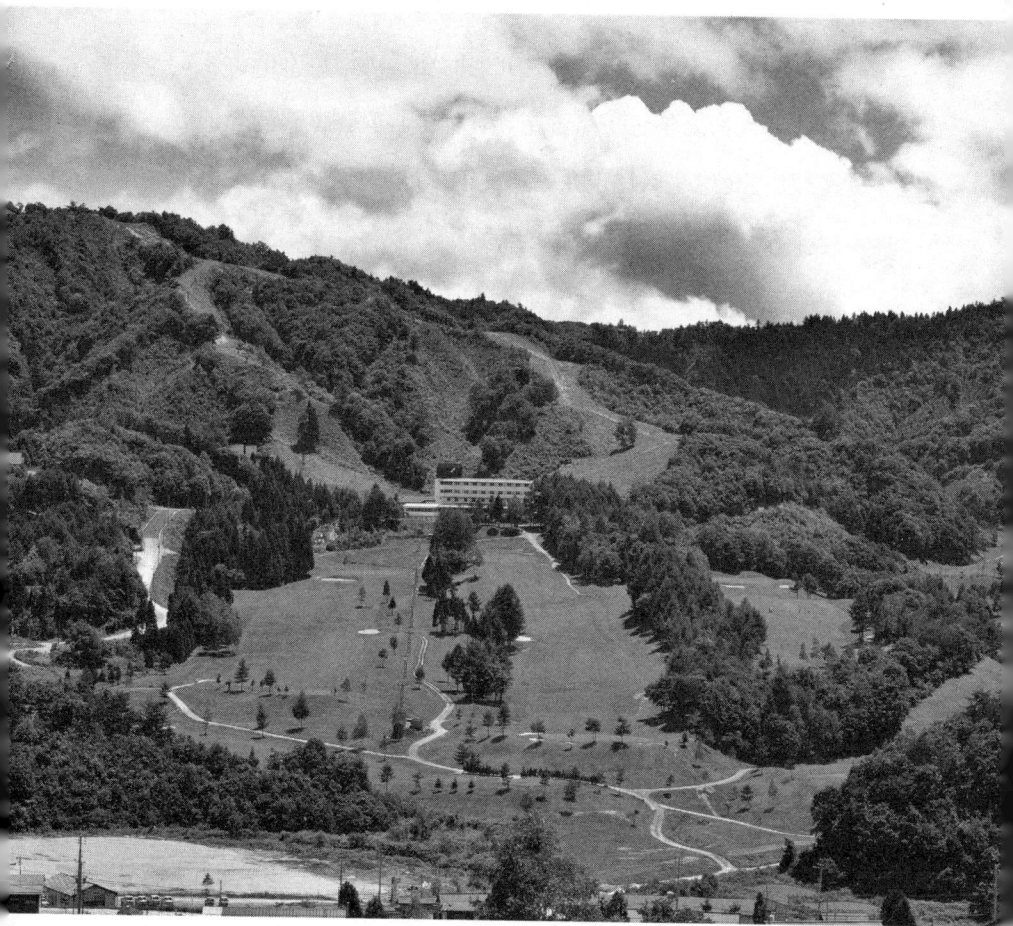

岐阜县飞驒希望之丘阳光城空摄图。春天赏樱花,秋天赏红叶,冬天玩滑雪,
一年四季乐趣无穷。

　　一个人的梦想也许只是幻想，然而众人的梦想一定成真。高龄者理想的生活环境需要开发商和业主互相信任、共同努力才能得到实现并不断进化。从曾几何时还是不谙世事的少年，一转身，却近知天命之年。一路奔跑，风风雨雨，但我追求梦想的心一点儿也没老，我愿意保持现在的速度继续追求下去，为了无憾的人生燃尽生命之火。

　　每当夜深人静时，我的脑海中不时浮现出这样一幅情景：八十六岁的我回到冲绳今归仁阳光城希望之丘Ⅱ，住在早年为自己盖好的圆木生态别墅，天晴的上午坐在瞭望台上远眺东海，动笔写自己人生的结账单。八十八岁了，我搬到小小的膳食公寓，点着中南海牌香烟，和希望之丘的邻居好友手把冲绳泡盛烧酒，高谈阔论当天高尔夫球赛的战绩……

后　记

■ 健康高龄者公寓

一个成功的企业家往往善于在自己的大脑中描绘梦想蓝图，并在现实工作中加以落实、深化。哪怕是再大的梦想，只要是他认准的，一定会满怀信心勇往直前。

打造复合型高龄者生活乐园，让它成为领先世界的一大设施，这是我三十年来追求不息的梦想。这期间我一手培养起来的全管连集团积累了丰富的经验，现已发展成日本开发高龄者生活区的唯一企业。集团以业主身份从事管理维护的大型分售宅地遍布日本全国 79 处地方。与此同时，我们还在广大业主的配合下不断扩大发展，让梦想的翅膀越飞越高。

在我所描绘的梦想当中，循环型居住系统扮演着极其重要的角色。我在本书第五章中说明过，最适合日本人晚年生活的环境应该是稳中求动、动中求静，即一种稳定与流动的对立统一。从单户住宅到集体公寓，稳定中有流动，流动又不影响稳定。我认为这样一个循环系统最适合日本高龄者。

过去我的工作一直是围绕着高龄者生活区的开发而展开。从荒废宅地再改造事业、满足高龄者兴趣爱好的免费设施的开设,到"民艺圆木生态别墅"、"夫妻二人之家",可以说无一例外。这些事业表面上看来似乎都是各自为政,不存在什么关联。其实不然,这些都是循环型居住系统的重要组成部分,或者说循环型居住系统是这些事业的集大成者。

目前高龄者生活区开发工作已进入第二阶段,开始着手面向健康老人的高龄者公寓的建设项目。现在市场上推出的各种公寓当中,最抢手的一直是高龄者公寓。其社会背景是单身老人,尤其是健康的单身老人不断增加。高龄者不管是单身还是夫妻俩都不选择住单户,而愿意选择住公寓,他们觉得这样方便,与他人交流的机会也多。

"上下左右都有人住着,不觉冷落。"

"不像单户,公寓管理、收拾起来都比较容易。"

"作为理财产品,我觉得挺适合的。"

"设备什么都是最先进的,生活舒适方便。"

如今,城市中心也建起了不少高龄者公寓,可是与我们开发的健康老人公寓完全不是一个性质。最重要的一点是,我们的健康老人公寓建在环境优美、拥有天然温泉的高龄者生活区内,这里有住单户的,有住公寓的,整个生活区就是一个小社区。而城市中的老人公寓与普通的公寓没有什么实质性的区别,可取的一点就是方便,然而考虑周围环境的话,那就要大打折扣了。晚年生活重在内在,比起方便,健康的环境才是内在。

当然,健康老人公寓的建设并不意味着循环型居住系统的完成,紧接后面的还有配备护理服务公寓、临终关怀医院等着我们去建设。然而目前的任务就是让健康老人公寓(第一期~第五期共800室)早日交付使用。

■ 为业主会员提供的服务

全管连集团的分售宅地遍布日本全国 79 个地区,拥有众多自治管理会的业主会员,这些会员有的是定居的,有的是当别墅使用的,也有的是为将来退休后移居这里而买下的。这些会员在人生不同阶段需要改变住房条件时,最令他们担心的是费用问题。为此,我们推出了各种贴心到位的服务与对策,为老人们排忧解难。

今后,高龄者生活区开发工作进入第三阶段,配备护理服务公寓建成后,这些服务与对策将同时到位。到时候,健康老人公寓的住户身体出现问题需要护理的话,可以搬到步行几分钟就到的护理型公寓,都在同一个生活区中,因此原来的邻居朋友还可以照样往来。

全管连集团的事业目标就是通过循环型居住系统,让每一位生活在我们高龄者生活区的人们都能够真正过得无忧无虑,过得愉快健康,长命百岁。

■ 旅游保健两不误的医疗观光

今后我们计划大力投入医疗观光事业，让更多的外国人有机会接受最尖端、最贴心的日本医疗服务。就医疗人才及医疗设施而言，日本都处于世界领先地位，问题是目前接受外国人的体制尚未健全，因此外国人来日接受医疗服务的人数远远落后于泰国和韩国。

为了方便外国患者到日本接受治疗，最近政府推出了大幅度放宽医疗签证的决定。从 2011 年 1 月 1 日起，对外国人发放长期逗留的医疗签证。希望到日本接受高尖端治疗的人、希望接受全面体检的人、希望接受牙科治疗的人、希望温泉疗养的人都可以拿到长达六个月的逗留签证，而且一次逗留不超过九十天的人，三年内可以不限次数，反复入境。

人生最大的幸福莫过于健康。我一直希望生活在我们高龄者乐园的每位老人都能尽情享受人生，长命百岁，因此始终将老人们的身心健康、预防保健摆在一切工作的首位。

其中最突出的一个例子就是与戈兰所卢奈良医院提携合作，为购买我们集团分售宅地的每一位业主提供最先进的医疗服务。医院坐落于古都奈良，拥有最尖端的医疗器械及医疗团队，前来检查或就诊不仅可以游览千年古都，同时还能接受 IT 全身体检，对自己的健康有一个清晰的认识。

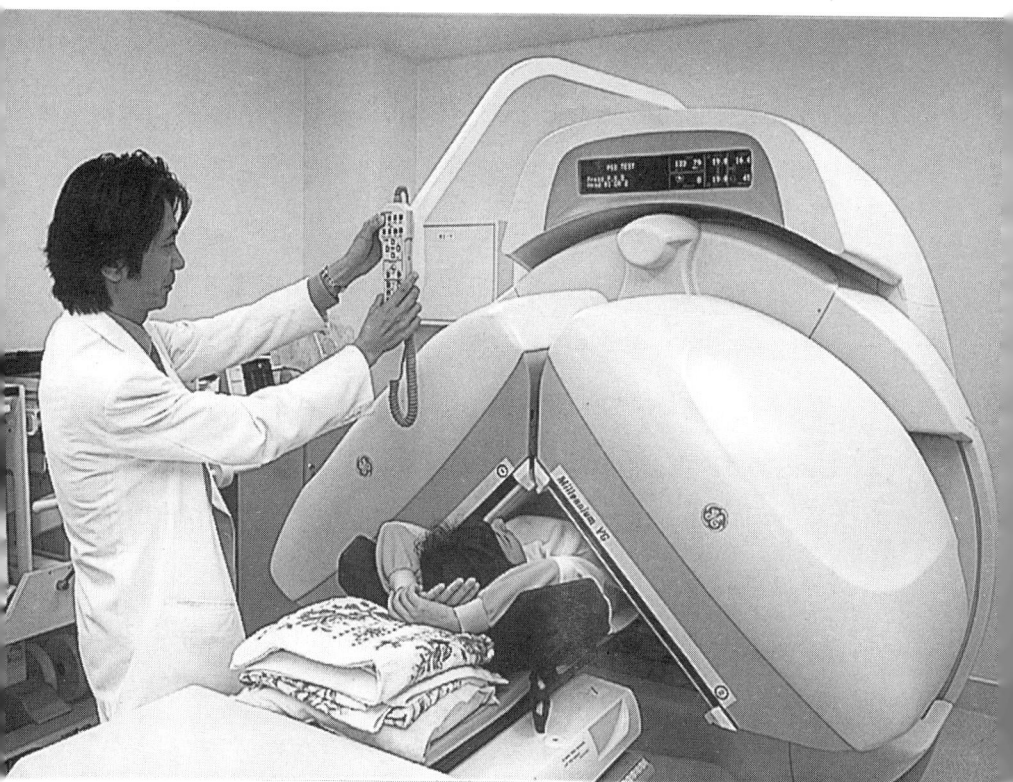

戈兰所卢奈良医院体检室。

戈兰所卢奈良医院全面采用会员制，这里的设施豪华雅致，刚到的人还以为是度假村别墅。但这只是医院的外观，其实，医院的真正优势在于癌症的早期发现及第四种新治疗法应用方面具有权威性的信誉。为方便中国客人，医院各处都标有中文向导，还配备有中文翻译。2011 年 1 月 18 日，日本国营电视台 NHK 专门采访了该医院。这天我正巧到医院与辻村博士谈工作，在医院里我看到十几位中国游客神情愉快地在接受体检。

日本政府推出新的医疗签证政策后，我们决定先以中国客人为对象，组织 IT 全身体检和温泉疗养的旅游团。长期以来我们一直从事着住宅新区的开发销售工作，其中温泉是该事业的中心项目，因此可以说这方面也是我们的强项。

自古以来，温泉疗养一直备受日本人崇尚。人们知道温泉所具有的天然成分可以治愈身心的疾病，达到养生保健的目的。为了满足广大业主温泉养生的希望，全管连集团所开发的地区，只要附近有温泉就一定拉进每家每户，让住户享受家有温泉的幸福。另外，还设有露天温泉疗养馆，专门为购买宅地的业主提供服务。全管连集团开发的带温泉大型分售宅地约有 2 万块，其中最有代表性的当首推座落于和歌山县白滨温泉区的白滨希望之丘（1 414 块）。这里地处白滨温泉区，属于日本最古的三大温泉，水质之好自古闻名。1 300 年前历代天皇曾在这里疗养过，江户时代以后，这里成了不分贵族平民的温泉疗养地。

后来,我们了解到日本国内有一家温泉疗法研究所开发出了融江户时代温泉疗养法和德国现代温泉治疗法于一体的新温泉疗法,于是我便与该研究所提携合作,积极向白滨希望之丘住户加以推荐。

参加我们组织的疗养观光团的中国游客可以先到戈兰所卢奈良医院接受 IT 体检后,到白滨希望之丘参观,在戈兰所卢白滨医院体验温泉疗养,学习温泉养生法。

白滨地区是闻名日本的梅果产地,更是太平洋黑潮流经的地区,各种海鲜丰富。这里有我们专门为宅地购买者提供的"希望号"钓鱼船,大家可以在船上享受垂钓之乐后,用钓到的鱼虾做成丰盛的晚餐一起分享。另外,还可以在船上参加经验丰富的老船长开讲的钓鱼讲座。

白滨地区空气清新,气候温暖,因此有很多人退休后愿意搬到这里生活,更有人在这里盖别墅,定期前来度假。这里还有世界文化遗产熊野古道,离白滨机场只需三分钟车程,距离东京也只不过一个小时的车程,前来观光的欧美客人络绎不绝。

最近中日两国的媒体都在报道,日本和歌山县携手中国大连开发高尔夫温泉旅游,将增加和歌山县白滨机场与中国各地的航班次数。白滨地区以前外国游客主要来自法国及美国,现在该地区为迎接中国客人的到来正积极进行着各种准备。

作为国际性的度假胜地,白滨地区已经开始得到世界各国的高度关注。我确信投资购买这里的别墅将为中国客人提供资本保值、增值的可靠保障。

不久,我们还将组织东京地区医疗观光团以及冲绳地区医疗观光团,为长期逗留疗养的外国客人提供舒适的居住设施。

今天的亚洲已经跃入历史舞台,人们只有保持健康的身心才能维系今后的发展。我相信,在不远的将来,生活在亚洲、享受百年长寿将成为全人类的向往。我想,自己长年从事的事业如能为这一天的早日到来做出一点微薄的贡献,那将是我最大的幸福。

■ 大江有尽头,事业无止境

人们常说学无止境。其实干事业也一样,攻下一个目标后,你会发现这并不是终点,这时还会有新的目标出现在你面前,让你投入下一轮的攻坚战。

追寻梦想也是一样的道理。当你实现了一个梦想的时候,会突然发现你心里已经萌生了另一个梦想,这个梦想也许更大、更遥远。

这一点我深有体会,我一路都在为不断更新、不断变大的梦想在马不停蹄地追寻着,目标的实现永远不是一个句号,只能是一个小小的逗号。站在起点看目标的时候,人们往往容易错认为这就是终点,真正达到目标的时候才发现其实这是个新的起点。正所谓周而复始,循环不息。

　　"一个人的梦想永远只是梦想，众人追求的梦想必将成真。"这是我几十年追寻梦想的时候，始终不忘的一句话。这句话随时都在提醒我应该心存感激，提醒我应该懂得自己能够做出一点儿成绩完全是身后无数业主、朋友和公司员工积极配合、鞭策鼓励的结果。

　　我的寻梦之旅还在继续，这句话将永远伴我前行，催我知恩图报。

　　我的寻梦之旅布满荆棘，希望有更多志同道合的伙伴共同来披斩。

　　我的寻梦之旅前途美好，希望不久的将来与大家分享圆梦的美酒。

上野健一

2010 年 9 月 2 日

写于新乡村生活大学·那须学舍

社长办公室直通热线

直通电话（从日本国内请拨） 03‐5066‐6036

（从中国国内请拨） 81‐3‐5366‐6034

电子邮件 zenkanren@bricks‐corp.com

直达邮址 〒105‐0014 东京都港区芝3‐6‐10 新

东京·全管连大楼

株式会社全管连社长办公室110

欢迎来函来电联系，哪怕再小的问题我都将以最大的诚意加以回应。